中公文庫

七つの街道

井伏鱒二

中央公論新社

目次

七つの街道

篠山街道

二日路を一日に打たせて……

丹波路の旅というのを縮小して、大体のところ篠山《ささやま》街道を一巡りする旅にした。それも、初めのうちはどんなところに興味を置くか予定していなかったが、ふと思いついて、その昔、一ノ谷へ駈けつけた源九郎義経の足どりの跡を巡る旅にした。同行者は別冊文春編輯部の印南君と写真部の原田君である。

古い軍記軍談に、京を出発した義経は「二日路を一日に打たせ」て丹波路を急行軍し一ノ谷に迫ったと云ってある。そのとき義経は篠山街道を行ったのだが、いつか私は「二日路を一日に打たせ」という意味は、急行軍する形容だろうと小説のなかに書いたことがある。それに対して、未知の或る人から、それは形容ではなくて実際に二日路を一日に馳せたことだと反駁の投書が来た。これが未だに私の記憶にある。ついては今度、丹波へ出かけるので、地元の人に判断を願ってみたいと考えついた。

丹波の国には幾つもの盆地がある。盆地から盆地へ出るには峠を越えなくてはいけないので、いかに奥州産の名馬に乗った義経の一隊とて、京から篠山の先の小野原まで一日で行軍できるものではないと思っていた。（これは現地に行って、私の間違いだとわかったが）こんな片々たる疑問を、せっかく丹波路を行く旅の主題にするのは変質のようにも思われた。同行の印南君に冗談ごとのように云った。

「篠山街道と云えば、この道は、大急ぎで通るのが故実に従うことになるようだ。源義経も篠山街道を大急ぎで通った。足利尊氏も西国へ落ちるとき、この道を大急ぎで通った。明智光秀も、本能寺を襲撃するときこの道の老ノ坂を大急ぎで越えた筈だ。僕らも今度は丹波路を大急ぎで旅行するのだから、篠山街道を行くことにしよう」

木に竹をついだようなことを云った。それでも印南君は大体のところこの案に賛成して、東京を発つ前に篠山町の文化顕彰会に連絡し、なお園部町の吉田さんという歴史の先生にも連絡してくれた。

篠山街道というのは、京都から老ノ坂、亀岡、福住を経て、篠山に至る往還である。園部町はこの街道から可なりそれたところにあるが、印南君は篠山への直行を避けて園部に寄ることを主張した。文献によると義経は、京から一ノ谷に向って進撃するに先だって、股肱の臣に命じ、園部の手前、八木の辺の衆徒を語らって配下に入れさせせたそうだ。私も園部に寄る案に賛成し、京都から園部に直行してその町の三亀という宿屋に着いた。

この町は、江戸初期に低地を埋めて（川筋を変えて）つくった町だから、今でも井戸を少し深く掘りさげると、朽ちた木が横になっているのにぶつかることがあるそうだ。

宿屋の庭の石燈籠に、青苔が厚く盛りあがっているのが見事であった。

「でっかい苔だ、まるで京都の東山のような恰好だ」

と驚くと、この町は霧が深く、幾らでも苔が生えると女中が云った。何という名前の苔か訊ねると、そんなことなんかわからないと云った。スギ苔にも似ているし、ビロウド苔にも似ている苔だ。

私は宿屋の裏門から川に出て釣をしてみたが、まるで手応えがないので釣具屋に寄って新しい餌を買った。

「この町の名物には、どんなものがありますか」

釣具屋の主人に訊ねると、ここには名物なんていうものはないと答え、見物するほどのところも何一つないと云った。

宿に帰ると印南君に促され、吉田さんという歴史の先生を訪ねて城址に案内してもらった。園部城址である。

この城は、元和五年に但馬の出石《いずし》から移封された小出吉親《こいでよしちか》という殿様の構築で、総廓の廻り二十一町余であったという。ここの城下町の規模に比較して城廓が広大にすぎるように思われるが、いま残っている城の建物は、現在の城下町に対して、ちょうど似合いのような感じである。わずかに城門一つと、隅櫓《やぐら》が一つ、塀の一部が、一箇所にまとまって残っている。ほかには濠の一部が残っている。中世的な城門と櫓だから、よく昔の戦争を取扱う映画の背景に使われるそうだ。

「京都から来たロケ隊は、織田信長が馬に乗って出陣するのを写すときにも、あの城門と櫓を背景に使いました。映画の主役が鎧を着て馬に乗るときには、殆どみんな替玉なんですね」

吉田さんがそう云った。

翌日、朝早く吉田さんの案内で宿を出たが、篠山へは夕方までに着く方が都合がよかったので、道草をくうことにして反対の方角にある和泉式部の墓を見に行った。言伝えによると、和泉式部が丹後の国へ赴いたとき、家に残していたその娘の小式部が

「大江山、生野の道の遠ければ、云々」という歌をうたったという。しかも生野というところは丹後にある。和泉式部も丹後への行き帰りには丹波路を通ったのだろう。

私たちは福知山《ふくちやま》街道を北に向けて行った。途中、観音峠といって、日本海と瀬戸内海にそそぐ水の分水嶺になっている峠を越えた。暫く行くと、須知《しゅうち》町という長っ細い町があった。この土地でも、やはりこんな町はフンドシ町と云う。この町を通りすぎて枝道を左に折れ、瑞穂というところの岡の麓のお寺に行った。西岸寺といって、本堂に式台の玄関がある甚だ古びた寺である。白い犬が私たちに向って吠えついた。その声で、横手の土間口から梵妻らしい上品な婦人が現われて、

「いま、住職さんは来客で手が放せない。しかし、和泉式部のことを書いた古い書類がある。それをお目にかけたい」

そういう意味のことを、遠慮ぶかい様子で云って、奥から古新聞にくるんだ写本を持って来て見せた。文化二年に書いた書類である。私はその一部をノートに拾い書きした。

「式部、尼となり、云々。身は墨染の衣をまとひ、手には百八の念珠を持し、しきみの花、云々。西刹に向ひ端座合掌をなし、念仏数遍高声なして、云々。人皇六十

六代、一条院御宇、正暦四癸巳の年、三月二十一日正午の時に、大往生の本意をぞ遂げにける、文化二年まで約八百二十三歳、云々」

急いで筆記したので書き誤りがあるかもしれない。式部の大往生を遂げたという正暦四年（癸巳）は西暦九九三年である。岩波書店の小辞典「日本文学」古典篇によると、和泉式部の生歿年月は不明となっている。河出書房の「日本国民文学全集」の年譜には、式部の歿した推定年月は長元九年（一〇三六年）となっている。

いずれが正しいか知らないが、「正暦四癸巳の年、三月二十一日正午の時」という方が、日時を詳しく書いてあるという点においては優れている。私がその文章を筆記している間じゅう、障子の内側に碁を打つ石の音がして、いかにものんびりした気配で、自分の筆記した文章の内容を、このときだけでも信じなくては損ではないかと思った。

いわゆる和泉式部の墓は、境内を出てすぐ左手の棚田のわきの木立のなかにある。台石が苔むした五輪の塔である。文化二年の頃にでも誰か供養の意味で建てたのだろう。式部のように、自由自在に和歌をつくれるようになりたいと念願して建てたのだろうか。または、式部の経験したように、身分高い人を相手に奔放な恋を成就させたいつもりのことであったろうか。私はその石塔を拝みたいとは思わなかったが、写真の原田君が「そのお墓の前に、ちょっとしゃがんでみてくれませんか」と云うので、その通りにした。

帰りに気がつくと、寺の境内にのぼる坂の下に、郵便屋の乗るような車体を赤く塗った自転車が立ててあった。住職と碁を打っていた客の自転車だろう。泥よけに、「瑞穂町三〇九」と白ペンキで記されていた。

細い道から往還に出て暫く行くと、

「この辺に、車塚がある筈です。写真で見ると、可愛らしい古墳です」

案内の吉田さんがそう云って、通りすがりのパラソルをさした洋装の二人の女性を呼びとめた。

「ちょっとお訊ねしますが――おや、あんたは、僕の教え子だったね、高等学校で」

と吉田さんは、二人の女性を等分に見ながら云った。「あんたがた、この村の小学校の先生しているんだね。では、車塚を知っとるだろう。古墳だよ」

二人の女性は顔を赤くした。つるりとした顔の方が、

「見やん。ああ、そうそう、あんな墓があるって、子供たちが云うてた」

そう云ったが、その塚がどこにあるか二人とも云えないで、逃げるように行ってしまった。すると向うから、小学生が十人ばかりやって来たので、吉田さんが訊ねた。元気のよさそうな男の子が、

「もっとバックや、バックや。右手に家があってな、あのな、その向うベラ」と教えてくれた。

「向うベラ」とは「向う側」のこと、「見やん」とは「見ない」ことだと吉田さんが説明した。それで子供の教えたところまで引返すと、それは吉田さんが女の先生に声をかけた場所であった。吉田さんは不肖の教え子を持ったとこぼしたが、そう云われてみるとそんなように思われる。

その古墳は道ばたにあった。形は小さいが、丈の低い青笹に覆われているためか、殆ど完全な前方後円の姿に見えた。

「この地方には円墳は多いですが、この形の古墳は少いんです。車塚というのだから、陪塚《ばいちょう》があるかもしれないですね」

吉田さんは、畑のなかにはいって向側にまわったり、近所の人に何か訊ねたりした。すっきりした形の土饅頭だが、まわりの濠は道路に削りとられて僅かばかり残って

いる。それも土で埋もれて浅くなり、びしょびしょのその水たまりに芹が一面に生え、モンペに深ゴム靴をはいた娘がその芹を鎌で刈りとっていた。

塚の土どめは、円筒でなくて小型の石で築かれた石崖であった。すなわち、浅くなった濠の向側は、三尺ばかりの高さの石崖である。もし修理されたものでないとすれば、葺石の裾を石崖に延長したものだろう。石崖の年齢を云い当てる者がいたら、この判定を下してくれるだろう。私たちは来た道を引返し、園部を素通りして亀岡に行く途中、八木の町の近くにある城山を麓から見た。この城山については、吉田さんの見せてくれた参考書に次のように書いてある。

「八木城址。

当町（八木町）の西南境、城山の嶺にありて断階残礎、尚ほ存す。貝原益軒の西北紀行に曰く、八木村の西北の山に内藤法雲が城址あり。鳥羽は馬次なり。此に宿る。京より此まで八里あり。凡そ丹波は京に近けれど、大江の坂一つ隔りぬれば、民俗人家すべて大いに変りて、いぶせく陋し」

鳥羽という部落は、園部町と八木町を通ずる往還の中ほどにある。江戸時代には馬の立場として栄えていたらしい。私はここが昔の馬継場だと気がつかないうちに通りすぎた。

八木城址は益軒先生の云う通り内藤氏の居城であった。丹波の守護代であったキリシタン大名内藤ジョアンは、この城を支配しながら京にとどまって、最後の足利将軍義昭に心を傾けて奉仕した律義一徹の武将であり、篤信の大名であった。当時の宣教師フロイスは、ジョアン内藤の涙ぐましい奉仕ぶりについて、たびたびローマへ書翰で報じている。同時代のキリシタン大名ジュスト右近（高山右近）と同様に、慶長元年のキリシタン迫害に際しても信仰を棄てなかったので、加賀の前田家に預けられた。ついに慶長十八年のキリシタン追放令で、高山右近と一緒に長崎へ護送され、右近と同じ船でマニラへ送られた。

「ジュスト右近は芝居や小説で有名ですが、どうして内藤ジョアンは有名にならないのでしょう。ジョアンには、まさに鎌倉武士の面影がありました」

吉田さんは、ドン・ジョアン・ナイトウのために口惜しそうに云った。

「あそこのジョアン内藤の八木の城へ、安土のセミナリオから誰か来たでしょうか。ロレンソ了西も、オルガンチノのお供で来たでしょうか」

私が城山を見ながら訊ねると、

「ロレンソ了西は、大変まめな人物でしたから、おそらくここへも来たでしょうよ」と云った。

私の想像だが、信長の馬廻であった黒んぼのアフリカ人弥助などは、本能寺と二条城が焼け陥ちた後、いったん南蛮寺へ逃げこんで、この八木城へ移って来たかもわからない。秀吉の世となってから、ジョアン内藤は朝鮮との媾和《こうわ》会議に出席のため京城に行き更に北京に到着したが、そのときジョアンが弥助を連れていたとしたらどんなものだろう。

ガンジーと船頭さん

八木町から亀岡に行く途中、例の口丹波の衆徒の本拠であった出雲神社に寄った。そのお宮の近くの畑のなかに、ちょっとした古墳が新しく掘り返されたままになっていた。その畑を耕していたおかみさんに、

「あれは、坊主塚という古墳と違いますか」と吉田さんが訊ねると、

「そうです」と云った。

今から三週間前に、何とかという博士が発掘して、銅鏡、兜、鎧、土器など見つけたという。下方上円であったというのだが、掘り崩されたままで散々な姿になっている。

出雲神社の境内には、小さな子供が四十人もそれ以上も群れて遊んでいた。私たちのそばに物珍しげに集まって来て、そのなかの一人の男の子が、

「咲いた咲いた、桜が咲いた、知っとるよ」

と勇気ありげに云った。

このお宮の社務所は幼稚園になっている。（戦争中、話に聞く近衛家の宝物を疎開させていたのは、このお宮の宝物倉であった）奏楽殿の横手で二人の保姆さんが、女の子供たちと一緒に太い幹のオガタマの木の朱色の落葉を一枚ずつ拾って籠に入れていた。オガタマの木は樟《くす》の木と同じく初夏に落葉する。

この神社の宮司は広瀬伯紀と云って、私が学生時代の友達であった。学校は違っていたが、広瀬君が詩の習作をしていた関係で、私の級友から紹介されて知りあいになった。そのころ広瀬君は、一としきりバイロンに傾倒していたようであった。床屋へバイロンの詩集を持って行き、バイロンの肖像のある頁を開いて鏡の前に立てかけて

バイロンとそっくりの髪かたちにするように床屋に注文した。床屋は煩い学生と思ったろう。広瀬君が幾度も幾度もバイロンの髪をよく見て刈ってくれと注文するので、おしまいには床屋が「わかっています」と腹を立てた。間もなく広瀬君は、バイロンを止してヴェルレーヌに傾倒するようになった。それは三十何年前のことで、その後、広瀬君が丹波に帰ってからは逢う機会がなかった。いま逢ってもお互に顔を見忘れているだろう。

「ここの宮司さんは、広瀬君ですか。広瀬伯紀という宮司さんですか」

私が保姆に訊ねると、

「そうです、いま留守です」と答えた。

私はその保姆に名刺を渡し、

「広瀬君に、よろしく云って下さい」

と云って、本殿を拝んでから、井戸のなかをのぞいて見たり大きな石の柱を見たりした。

井戸は内側が幾らか太鼓型になっていて、ずいぶん古い見事な井戸だと思われたが、水面に竹ぎれが二つ浮かび、水底にブリキの玩具がきらきら光っていた。幼稚園の子供の仕業と思われる。石の柱も痛々しく見えた。「国幣中社出雲神社」という刻字のうち、「国幣中社」という文字の窪みをセメントで塗りつぶしてある。戦後の神社に対する法令が、広瀬君にこのような刻字の抹殺手段を選ばせたのだろう。

このお宮は和銅年間に創立されたと云われてる。兼好法師は「徒然草」でこのお宮の狛犬のことに触れ、

「丹波に出雲といふ所あり、大やしろをうつして、めでたく作れり、はたの何がしとかや、しる所なれば……」と云っている。

出雲の大社の神座をここに遷したということだろう。おそらく社領も莫大なもので、領下の衆徒も可なりの数に及んでいたことだろう。「吾妻鏡」には、元暦元年八月三十日、後鳥羽天皇が、今まで丹波の出雲神社の社領を横領していた地頭を廃し、このお宮の一統の者に知行させることにしたと云ってある。天皇即位になって早々のことであった。なお「吾妻鏡」に、それより少し前、寿永三年正月二十九日、範頼、義経は兵庫の平家追討を志して京を出発したと云ってある。この二つの記録は、丹波のこのお宮の衆徒が義経に合力したという話と符合する。

私たちがこのお宮の境内を出て来るとき、幼稚園の子供たちが「さよなら、さよな

ら」と賑やかに見送ってくれた。

「しかし、セメントで字を塗りつぶさなくたって、ほかに何か方法がないものかね」

私はそう思った。それも宮司さんの一種のレジスタンスかもしれないと思ったりした。

次に亀岡市では、殆ど住宅街と区別がつかなくなっている城址を素通りした。昔、亀山城と云っていた城の址である。天正年間には明智光秀がこの城にいた。本能寺を襲撃するときにもここから出発したと書物に書いてある。光秀の娘の細川ガラシャ夫人は、この城中で姫御前時代の一時期を送ったろう。

「お姫様時代のガラシャ夫人は、絶世の美人だったでしょうね」

吉田さんに云うと、「そうでしょうなあ」と興味なさそうな返辞をした。

ガラシャ夫人は絶世の美貌だったと私は想像する。天正の頃の耶蘇会士日本通信によると、光秀の次男は、ギリシャ人と見紛うばかりに優雅な風采で、匂うがほどに眉目秀麗であった。宣教師がそのようにローマへ書き送っているほどだから、大した美男であったと思いたい。ガラシャ夫人はその同胞《はらから》である。

亀岡市は（丹波の他の町と同様に）川沿いの町で、保津川に沿っている。ここの保津川橋の下から、保津川下りの船が出る。川岸に降りる石段のところを見ると、姫路の婦人会の連中だという中年の婦人が百五十人ばかり、団体《かたまり》でやって来て保津川下りの船に乗った。一艘に十人ずつ乗る。

一人の船頭が、石段のところの私のそばにやって来て、自分は四十年以上も船頭をしていると云った。東郷大将も乗せたことがあると云った。ガンジ翁も乗せたことがあると云った。グロスター公も乗せたことがあるし、オドール監督も乗せたと云った。「東郷大将は、天候のこと聞いたよ。海軍だものな。ちょっと、時雨れておった日でな」と云った。

ガンジ翁というのは、タゴール翁の間違いだろうか。グロスター公は「保津川下りのことは、前から話に聞いて知っていた。しかし、こんな爽快な船遊びとは思わなかった。風景も大変よろしい」と、通訳を介してお讃めになったと云う。オドール監督は、嵐山あたりまで下ったとき、ボールにサインして学生の乗っているボートに向って投球した。それを学生がうまく受けとめると、子供のように喜んで幾つも幾つもサインして投げたと云う。

この船頭は六十前後の男で、戦前には宮様をお乗せしたことがあると繰返して云った。宮様をお乗せする船頭は、必ず健康診断を受ける。丈夫で、技術がすぐれ、戸籍がよごれていないものでなくては資格がない。船頭はそれも繰返して云った。

ここの川船は、昔は下流の嵐山から曳船してここまで帰っていたが、今では二艘ずつトラックに載せて持って帰るそうだ。私は船頭に「さよなら」をして、市外の穴太《あなふ》寺に参詣した。ここは勅願寺と云われ、西国二十一番の札所である。門をくぐると、それと同時に寺男が正午の鐘をつきはじめた。荒廃に近い多宝塔は、屋根瓦が今にもくずれて来そうになって、鐘の音にも古瓦がずれ落ちるかと思われた。あぶなくて軒下には近寄れない。

本堂から住持の僧が現われたので、この寺の絵葉書と共に「丹波国穴太寺本尊聖観世音略縁起」というパンフレットを買った。

「あの釣鐘の音、いい音ですね」と私がお世辞を云うと、「いや、最近の鐘です」と照れて、この近くに円山応挙の生れた家が残っていると教えてくれた。附近に応挙寺があることも教えてくれ、応挙寺の少し手前に、大本教の出口王仁三郎の生家があると云った。

「愚僧は、子供のころ応挙寺へ修行に通いました。その当時、出口王仁三郎も愚僧と机を並べておりました。では、観音像を拝されるなら、靴をぬいであちらからあがって頂きます」

住持はそう云ったが、私は昼の弁当が食べたくなったので寺を出て、川端の石崖の上で弁当を開いた。

義経と鷲尾三郎

昼食後、道草はもうこれで打ち切って、車で篠山街道を西に急いだ。この時刻だと、大体において義経がこの街道を急行軍したときと同じ陽差の下を行くことになる。冬の陽差と初夏の陽差を比較して、略々《ほぼ》そんなところだろうという見当である。

義経は元暦元年二月四日の寅卯の刻（午前五時）に京を出て、日置中郷（今の篠山盆地城東村）泉《いずみ》の剛山（東風山南賀寺）で一ぷくし、折からこの寺の講日とて御馳走を受けている。幾らか兵粮も仕入れたろう。次に、篠山の南にあたる山麓の勝村（今の小枕）で、春日神社に馬の鞍を奉納して戦勝を祈り、宇土を経て不来坂《こぬさか》を越え、三草山の東の山口、小野原に着いた。それが戌の刻（午後八時）であった。

これは本隊の進んだ順路であって、支部隊または前哨部隊の進んだ道順がまだわからなかった。それで、篠山町文化顕彰会の楽々斎翁に伺った。翁の説によると、義経の支部隊は、勝村から西南に向う道を進んで、不来坂の手前の古市で本隊に合している。古市は篠山盆地の西南端にあって、くびれ目のように山が迫ったところにある。兵庫から来る道と播磨から来る道がここで一緒になっている。作戦上、主要な場所に違いない。義経の本隊と支部隊はここで合した上、本隊は不来坂を越えて小野原に至り、支部隊は不来坂を右に折れて北に向い、ぐっと迂回しながら、四斗谷というところに出て、小野原に出て本隊と合している。

いま一つの支部隊は、それより前に篠山の手前の泉というところから西北に向った。武蔵坊弁慶の引率する極めて少数の部隊である。これは篠山盆地の北側につづく山麓の道を進み、小金嶽、三嶽、西嶽と並ぶ三嶽三山《みたけさんざん》の山麓に当る鷲ノ尾郷を訪れて、修験者の一統を味方に入れている。

この支部隊に関する話は楽々斎翁の余談の一つだが、「源平盛衰記」の「柿の衣物に同じ色の袴、節巻《ふしまき》の弓に猿皮靫《うつぼ》、鹿矢《ししや》あまた差して足半《あしなか》をはいて」いる鷲尾三郎という壮士は、楽々斎翁の云う三嶽三山の修験者の一統を暗示する人物だろう。昔、丹波の三嶽には大和の金峰山のそれに劣らない修験道場があったそうだ。「源平盛衰記」に云う鷲尾三郎の服装は、修験者の不断の服装だというのが楽々斎翁の説である。修験者ならば、丹波の峯につづく山々の案内は心得ている筈だ。「源平盛衰記」のように狩人とするよりも、それが脚色であるなしは兎も角も、楽々斎翁の説の方が話が生きているようで面白い。

「鷲尾三郎は、平泉で九郎判官が自刃する最後まで、傍についていました」

楽々斎翁はそう云って、何か感慨無量のようであった。

いま一つ義経の部隊について、丹波立杭焼の窯元、市野さんの話では、もすこし行程に変化がある。小野原を通りすぎた本隊は上鴨川から播磨領の社《やしろ》を経て、三草山に向い、小野原から分れた支部隊は、現在の立杭窯のある谷を南に下り、木津《こづ》というところを経て、上鴨川から本隊のあとを追っている。小野原から三草山まで四里あまり、市野さんのうちの立杭窯場から三草山まで四里弱である。

「それでは、あの道を行軍して行ったわけですね、鎧武者が」

私が窯場の庭から往還を指差すと、

「どうも、そんなような話です」

と市野さんが云った。

私は窯や職場を見物して、市野さんの自宅に寄ってお茶の御馳走になった。廊下にも部屋のなかにも、壺や小皿や大皿や徳利など、製品がたくさん置いてあった。床の間の違棚に、バーナード・リーチの作った茶碗があったので、許可を得て手に取って見た。唐草風の模様が、水彩の絵筆で描いたような筆触である。

「リーチという人は、技術的に云ってどんなものなんですか」と訊ねると、

「上手です。うまいものです」と市野さんが即答した。

ここへは絶えず窯場の見物人が来るほかに、いろいろ外国人も陶工修業に来るそうだ。市野さんの外国人に対する仕込みかたは、先ず衣食住からして日本風に習慣づけさせるため、家族の者と同じように取扱い、日本風の生活感情を身につけさせるように仕向けるのだという。ここの窯で外国人の作った製品のうち、代表的なものを見せてもらった。リーチ作の茶碗、ジャネット・ダーネル作の土器時代の水筒に様式を似せた壺、同人作の黒い壺、アーレン・ジェイムス作の壺が机の上に並べられた。

リーチの作品について、市野さんは云った。

「よいですね。仕事としても、また、技術の点でも、文句なしだと思います。感覚の

上から云えば、われわれ日本人と隔たりがありますが、日本人でもこれだけ挽くのは難しい。模様も、よく出来ていると思います。ぎりぎりの、最後のところまでは飛びこめないとしても、日本的なものをしっかり抱きこんでいると思います」

ダーネルの作品については、こんなように批評した。

「私は、この人と一年間、一緒に生活したんですが、やはり、リーチ氏に較べると落ちますね。しかし女の身で、ここまで入って来たという点では相当なものだと思います。土と取組む態度が、しっかりしているし、その点では見事だと思います。ただ、技術の点で、もっと土に馴れたら、自分の本当のものが自然に出て来ると思います。しかし、外国人ですから、日本的な伝統のなかから自分を見出して行かなければならないので、殊にそこが難しいのですね」

ジェイムスの作品についてはこう云った。

「丹波焼の影響は確かに受けていますが、もう少し轆轤《ろくろ》の技術が上手でなければ困ります。しかし、たとえば徳利の形など、日本的なところを素直に受入れている点は立派です。外人ですから、そういう形の上のことが、特に強く響くのでしょうけれど」

そこで私が眼福にあずかったお礼を云うと、

「一般に外人たちは、丹波焼の伝統である黒い色を好みます」

と云った。

この村には二十有余の立杭焼の窯があるが、みんな伝統的なのぼり窯である。兵庫県郷土グラフという印刷物に、

「陶祖は大同年間に長門の国から来た惣太郎という者で、ここの小野原庄に来て手練りで焼いて小野原焼と云っていた。元暦元年、小野原庄が立杭村となったので、自然、立杭焼と云うようになった。古丹波焼というのも、小野原焼がその源だろう」と書いてある。

すると、この村は義経の部隊がこの村に来た年に、立杭村と云うようになったわけだ。昔の軍記軍談に小野原とあるのは、どのあたりを指すのか漠然として来るようだ。

市野さんの話では、幕末のころこの村から京まで徳利を運ぶのに、天秤棒で二十幾締の徳利を担いで二日かかったそうだ。だから馬で駆けて来る義経が、京から一日でこのあたりに到着するのは不可能なことではない。槇ヶ峰の麓を義経が通ったのは申の刻（午後四時）だと楽々斎翁も云っていた。

春の城

私たちは立杭村から篠山に引返して、潯陽楼《じんようろう》という旅館に投宿した。この宿の斜向いの店に猪料理「鳥幸」という看板が出ていたので、いまでも猪料理が出来るのかと女中に聞くと、夕食のとき宿の女将が鳥幸の「猪料理百珍」という引札を持って来て、

「鳥幸さんで、これを皆さんに差上げると云ってます」

と云って、印南君と原田君と私に、猪の牙を一本ずつくれた。

私の貰ったのは三十貫の猪の牙で、先は二寸ぐらいだが根は長さがその三倍ちかくもある。牙は歯ぐきに深く頑丈に根をおろしていたようだ。こんなに歯の根が深くては、猪でも病気になることがあるから、歯槽膿漏のとき大変だろうと気になった。「猪料理百珍」には冒頭に「静々と五徳するゑけり薬喰《くすりぐひ》」という蕪村の句を引用し、食欲をそそるように仕向けておいて、いろいろの献立が書きつらねてある。牡丹鍋、猪肉すき焼、水煮、猪の薩摩汁、猪肉紙焼、猪肉焼鍋、葛たたき吸物、その他いろいろである。

夕食のとき、宿の女将が篠山情緒のデカンショ節を女中に歌わせてみないかと云った。私は、あれは学生の寮歌だと思ったので断わったが、今度の丹波旅行に出る間際に貰った中野好夫著「私の消極哲学」を見ると、その由来が書いてあった。「正確にいえばデカンショでなくて、デッコンショ節が起源である」と説明して、次のように云ってある。

「むかし古老から聞いた話によると、明治二十年代だったか、三十年代だったか、当時陸軍士官学校生徒であった旧藩主（旧篠山藩主）が、郷友幾人かと、夏、房州だかかどこかに海水浴に行っていた。たまたま隣家にこれも暑を避けて来ていた一高生の一団があり、毎日聞く山家の猿どもがデッコンショ節の高唱に興味をおぼえ、いつのまにかおぼえて帰ったのが、改めデカンショのはじまりだということであった。むろんこれまた真偽は保証しない。が、経路の如何は別として、デカンショ節がデッコンショ節の文明開化の姿であることには間違ない。現在まったく書生節と化し去ったデカンショの中にも、いまだに鄙びたその往昔の曲節は、はっきりたどることが出来る」

夕飯がすんでから、楽々斎翁や図書館の中山さんや、松木さん、小枝さんという郷土史家や、青山会の山本さんなどの肝煎で、城、古墳、立杭窯、祭、菊など、篠山地方の文化財を、スライドによって説明つきで見せてもらった。美しい幻燈であった。

翌日、朽木さんの案内で、篠山城を見てから武家屋敷街を見物し、郊外に出て鷲ノ尾の方角の山を間近く見た。

篠山城は徳川家康が西国大名に申しつけて構築させたものだ、と城内の立札に書いてある。大坂城が陥落する七年前に、大坂方と見られている西国十三箇国の大名に奉仕を命じ、総構への周囲一里ちかくのこの城を、七箇月の短期間に落成させたものだという。しかも石垣に築く石は、墓石やお宮の玉垣や石崖の石など使わないで、みんな新しく切り出したものを使わせたという。大した徳川家康の睨みである。

このために西国十三箇国の大名は、人夫八万人を引きつれて、慶長十四年九月十八日までに篠山へ到着した。人夫八万人を八百組に分け、百人を一つの組として、木石運送に扱《こ》き使ったという。今でも城の石崖には、ところどころの石に組の記号を刻みつけてある。相合傘の略図のようなもの、槌の略図のようなもの、英語のRという字のようなもの、「三左之内」と続け字で刻ったもの、その他いろいろの記号が残っている。石段の石にまで記号をつけているのがある。石は盆地の各所から切り出して、近道するために畑や田圃のなかもかまわずコロで運ばしたものだろう。今でも山寄りの畑のなかに大きな石が残っているところがある。「三左之内」とは、池田三左衛門輝政の配下という意味だと朽木さんが云った。

現在、この城の建造物はすっかり無くなって、残っているのは石崖と外濠と馬出曲輪《うまだしくるわ》だけである。かつて私の亡友は、「城春にして草木深し」という言葉を自己の好みに意訳して、「城というものは、廃墟になってから美しく見えるように造るものだ」と云った。この言葉には、各種各様の意味と皮肉がこもっている。私として、廃墟となった城址は一概に嫌いではない。

私は城の本丸の井戸をのぞいて見て、それから天守台にあがった。石崖のはなから下をのぞくと、足がすくむ。ところが、この町の鳳鳴高校という学校では、以前、生徒にこの石崖の上で逆立ちさせて心胆を練磨させたと云う。この学校の前身は鳳鳴義塾といって明治年間の創立で、尚武の気象の旺盛な塾風のためか、たくさんの軍人を輩出させている。この学校出身の将官、佐官の数は、四国全土のそれよりも遥かに多いと云われている。

観光案内書によると、この城の天守台には、初めから天守閣を置かないで櫓を置いたと書いてある。徳川家康からの通達で、奉仕の大名たちに天守閣を築く煩わしさを避けさせたものであったという。だが、果して大御所家康の内心はどんなものであったろう。方型のこの平山城《ひらやましろ》としては、四層五層の天守閣よりも、二層程度の櫓を置いた方が美観の上から云って優れている。その方が中世的の古風な山城天守の遺構を備え、ここの周囲の地味な風景によく似合う。この城の普請総奉行を命じられていたという池田輝政（家康の女婿）は、山城天守の美的効果を家康に進言したのではないだろうか。または、ここの名物だという深い霧の上層に現われる姿——山城天守の姿を考慮したのではないだろうか。私は天守台から町を眺望しながらそんなようなことを思った。

ここの城には、馬出曲輪が二つ殆ど完全な形で残っている。濠の石垣の屈曲が、しんとした感じを出している。これを構築した当時、石工の技術が最も進歩していたのではないだろうか。石工どもは怠けると親方に玄能で頭をなぐられるので、いやいやながら築いたものであるとしても、真底は極めて実直な人たちであったろう。石の築きかたにその実直さが偲ばれる。

久慈街道

鮫浦

青森県に帰省中の三浦哲郎君から、都合がついたら久慈《くじ》街道を見物に来ないかと云って来た。

久慈街道は青森県の八戸から岩手県の久慈に至る往還で、江戸時代の名物である百姓一揆がたびたび八戸の城下に向って進んだ道路だそうだ。

宿は八戸の隣の町、鮫浦の石田家旅館というのを三浦君が紹介してくれた。

鮫浦は漁港である。入江に漁船が詰込まれ、街に何となく活気がある。魚市場にはずらりと漁船が横づけになって、深ゴム靴をはいた人夫たちが、物をも云わず忙しげに塩鮭を積卸していた。例の北洋漁業の漁船である。市場に並べた海豚《いるか》や烏賊《いか》や鱶《ふか》などを、トラックに積込んでいる人夫たちもいた。烏賊は、このごろあまりにも大漁のため、ほんの箱代だけの値段で卸されているそうだが、氷のかけらをシャベルで掬って箱に詰め、荷造りする女の人夫たちの手数は大変だ。鱶はみんな尻尾や鰭《ひれ》が切りとられ、むごたらしく針金を膚に突刺されて木の荷札をつけられている。切りとった尻尾や鰭は、かちかちに干して鱶の鰭のスープの材料にする。中華料理の魚翅《ユーツ》というのがそれである。

魚市場の隣に、魚の臓物で薬品をつくっている大きな工場がある。臓物を大量に煮るか焼くかしているのだろう。物すごい臭気が漂うので、折から新婚旅行と見える若い男女が走る自動車のなかで鼻をつまんでいた。彼らは生涯にこんなに楽しい思いで鼻をつまむことはないだろう。

ここの港の入口には、蕪島《かぶしま》といってウミネコの繁殖する小さな島がある。黒褐色の二つの岩山から成立っている。野生の蕪の群落があるから蕪島と云うそうだが、咲き後れの花を見ると黄色だから菜種ではないだろうか。ウミネコの若鳥は白く、成鳥は背中が灰色で、それがこの蕪島を中心に何千羽となく空を飛びまわり、遠くから見ると蚊柱が立っているようだ。

「ここには無慮五万羽、ウミネコがいます。戦争中、この辺の人は卵を取って食ったんです。味は悪くないそうですが、とても食べられたものではないということになっています。不味いということにして置かないと、人が食ってしまいますから」

案内に立ってくれた石田家の主人がそう云った。

この蕪島を左手に見て岸づたいに行くと、ハマナス、ハマニンニク、カンザウ、ハマナデシコなどの群落がある。花の咲くときには見渡すかぎりの花園になるそうだ。だが、花はもう殆ど散りつくし、放牧の馬が一匹、のそりのそり、そこの草原を歩きまわっていた。広々とした砂浜に出て行くと、前は大海原、後には草原の丘陵がつづいている。この種の風景の好きな人ならば、何年か前の新婚旅行のとき何故ここに来なかったろうかと思うだろう。

飢饉

石田家の主人は、中里さんという郷土史家を紹介してくれた。この人はなかなかの物識りだが、自分はこの町では郷土史家として三流の研究家で、まだ駈出しだからと云って、久慈街道に関する書物を持って来て床の間に並べて見せた。青森県人のユーモアである。青森県史、岩手県史をはじめ、活字本や写本など三十冊あまりあった。私は急ぎの旅さきだから、持ち歩きに便利なように、目方の軽い写本を二冊、パンフレットを二冊、年表を一冊借りることにした。その写本の一つ、「野沢ほたる」は、八戸藩の天保年間における百姓一揆と関係の深い野村軍記《ぐんき》の悪政を書きたててある。

その本は野村軍記のことを「奥州一の馬鹿侍」と云っている。もう一つの手書本は「高山彦九郎日記」という題で、彦九郎が大凶作後の奥州を歩きまわったときの旅日記である。読んで行くにつれ、彦九郎がすたすたと久慈街道を歩いて行く様子が偲ばれる。ただ、何のために彦九郎は奥州を歩きまわったか本意がわからない。寛政二年九月十日に浅虫の宿を発って、十三日に八戸を通りすぎ、新井田、十日市、田代、大道口、大野、二ッ屋という順に久慈街道を辿り、同月十五日に久慈の代官所のある八日市町に着いている。寛政二年のことだから、天保の百姓一揆のあった当時とは少し世情も異るだろうが、旧幕時代のことだから農山村の風俗習慣だけは大して相違ない筈だ。この彦九郎の旅日記には、久慈街道筋における大凶作後の状況が書き加えられている。ありのままに記されているものと思いたい。

八戸の町の状況を彦九郎は次のように書いている。

「八ノ戸へ至る。少し下りて左リ番所有り、町屋千軒、今は（先年の大飢饉のためと砂鉄採取業の衰微のため）七百軒斗《ばか》り。（中略）此所《ここ》、南部内蔵頭殿二万石の城下也。城は町の北に有り、平城也。（中略）左に湊の人家見ゆ。（中略）宿らんことを乞へども許されず、十日市に至つて暮に及び、雨降り来る。又夕宿らん事を欲すとも宿らしめず。暫クにして晴れて月朗か也」

そこで彦九郎は一首の拙い和歌を詠じ、夜道を田代村まで行って、暮しに少しゆとりのある庄屋作之丞という者のところに泊めてもらう。この村には先年の大凶作までは人家百二十軒あったが三十三軒に減り、往還沿いの家は三軒しか残っていない。これも以前は七軒あったという。先年の大飢饉は、おそるべきものであった。餓死した人間が路傍に倒れ、八戸まで馬の往来も停止した。八戸では、穴を四箇所に掘って餓死者を投込んでいたが、穴がいっぱいになったので川の堤から水葬にした。「野草より鶏、犬、牛馬を食ひ尽し、人を食ふに至る。人食ひたるものは、生きるもの百か一もあらず、千万の内、一人、生きるのミ。八ノ戸、二万石の下斗《ばか》りにても六万人餓死す。（中略）空宅の内を見れば人の骨のミ也とぞ。侯（藩侯）も窮して、一人に付一升斗りの手当有ける。家中にも死する人ありけらし。侯の命にて月に六日、一人に付米一升宛、三百三十二文に売られしとぞ。今夜も畳を着て寝《い》ぬ」と記している。蒲団など置いていない。

畳を着て寝たというのは、旧暦九月十三日の夜更のことだから、この辺ではもう寒いので、莚《むしろ》の畳をはいで羽織って寝たという意味だ。人家三十三軒ある村の庄屋でも、客に出してやる蒲団に事欠く有様である。

この数日前、彦九郎は九戸に着く前にも、泊めてもらった家で畳をはいで着て寝たと書きとめている。百姓は不如意のことばかりであったろう。五ノ戸では目明《めあかし》の又五郎という者の家に泊ったが、彦九郎が手拭を洗っていると婆さんが水を惜しんで叱るので、彦九郎は立腹した。「予《よ》、怒る。傍より博徒が言を出せる事ありける。風俗よろしからず。寝《い》ぬるに着るものあらぬといへる故、畳をとりて身の上に置いて寝ねける」と書いている。

翌十四日、彦九郎は田代を出発し、山路を上り下りしながら大道口村を経て、大野村の吉三郎方に寄って中食した。ところが稗飯《ひえめし》を食い終るまでに、その飯のなかから蠅を十四ばかり見つけ出すことが出来たと書いている。いかにも粗末に取扱われ、粗食を充てがわれたと云いたいのが言外に現われている。

この大野村の吉三郎方というのは代々の素封家で、砂鉄を掘り、久慈の浜には塩田を持ち、たくさんの牛馬を飼い、広い田畑を持ち、八戸藩の役人たちを手なずけている一家であったと云われている。代々の主人を晴山吉三郎《はるやまきちさぶろう》と云い、今日でもその家は豪家として続き、戸主は吉三郎と云う。

八戸藩と豪家

晴山家は文政年間における八戸藩の仕法改革に際し、改革の計画者である家老の野村軍記と結び、巨利を博したと云われている。「歴史学研究」第一八四号所載、矢木明夫氏の文章は、「大野村の晴山家は、初代以来、同村名主役をつとめ、家業として、農業、牧畜、製鉄、製塩を行い、商業としても、大豆、味噌、鉄、海産物、牛馬を、八戸領下は勿論、江戸その他の領国に売り、筆墨、紙、衣類等を輸入し、また鍬鋤等の農具、酒、糀《こうじ》等をも製造販売した。当時、鉱山経営の利益は莫大に上り、特に同村の浜屋某の経営する大谷鉄山は最も繁栄していたが、これに対して晴山家は、藩の仕法改革の計画者と結んで、従来仕法外にあった鉄山に急にこれを適用することとし、大谷鉄山を藩営とし、しかも表向だけの支配人を置き、自らその下支配人として実権を掌握した。即ち藩政改革を思うままに利用し、これを自己に有利に展開せしめた。

富裕なる農民の権力に対する優越は、ここに明かにみとれよう。しかも、このような農民は決して本質的に反封建的なものではない」となっている。

晴山家は八戸藩を自家薬籠中のものとして、富を雪だるまのように太らせた一家であると云える。そこで私は、昔の農村における大豪族の家の構えを知りたいと思って大野村の役場を訪ねた。助役さんは至って親切な人で、私が昼弁当を食べたいと云うと小使にお茶を持って来させ、私が握飯を食べていると、書類箱から村内における人家の建築図面帳を出して見せてくれた。私は急いで握飯を食べ終り、晴山家の母屋の図面を手帳に写した。

母屋の南側には六尺幅の土間がつづいている。その土間を前に控えて広い部屋が二つ並んで、その奥に部屋が二つ続き、その奥に中廊下を隔てて部屋が二つに、板の間の台所があり、台所は鉤の手になって、その裏手がまた土間である。但、南側の東西に長い土間は、これは建築の上で何というのかT字型に土間が続き、それを仕切に東側に寝室と板の間の物置部屋がある。その物置部屋の裏手が南北に長い板の間と広い土間で、突きあたりに東西三十六尺幅の板の間がある。便所は西側の廊下を隔てて附いている。東西十三間、南北九間、建坪百二十二坪である。倉庫は十一棟、納屋、牛小屋、厩、その他、いろいろ附属の建物がある。

私はまだ東北地方の農村の豪家のなかを見たことがない。それで晴山家を見たいと思ったが行くのを止した。

「晴山さんのところは、二年前に家を毀しました。いま郵便局になっています。もとは大きな家でした。田畑は百二十町歩でした」と助役さんが云った。

大野村のような田畑の少い山間の村で、百二十町歩の田地を持っていた家は珍しい。旧幕時代には、それよりまだ時めいていた筈である。すると、高山彦九郎が晴山家で稗飯の御馳走になった場所は、賓客を迎える客間でなくて、旅の者に接待する台所の上《あが》り框《がまち》ではなかったろうか。昔の田舎で、浮浪者や山家の者に、勝手に昼飯を食べさしていた豪家があったと云われている。そういう家には、台所の上り框のところにお櫃が置いてある。その框の下には、土間に空樽か太い丸太の切端か何か置いてある。接待にありつく者は、それに腰をかけ、飯をつぐとお櫃を次に来た者の方に押し遣ることになっている。そのときお櫃を、するするっと滑らせなくては仁義に反くのだ。彦九郎は、晴山家では台所の上り框のところで接待を受け、お櫃を押し遣るとき、うまく滑らせることが出来なくて、むしゃくしゃしたのかもわからない。日記によると、晴山家を出てすぐ酒屋に寄って酒を飲んでいる。

「山路、木々紅葉す。坂多けれ共《ども》、なるし（なだらかの意）。大野村六十軒斗り行て紅葉をよめる。（和歌二首、略す）酒店に飲み、大野の圯橋《つちはし》を渡る。金子沢村、かまの口、家一軒。松山を経て二つ屋の辺、十五軒、都《すべ》て五十軒、元は百軒也」

と書いている。

大野村の大野から同村二ッ屋に至る街道は、なだらかにつづく岡の麓に通じ、次に小じんまりした谷間に這入って行く。このあたりの山は、現在では松山でなくて雑木山になっている。この辺の松の大木は、戦争中、造船用材にするために伐採されてしまったそうだ。

大野村の総戸数は、現在では一千一百余、開拓移民も受入れている。蒲ノ口部落は現在三十七世帯、金ケ沢部落は十六世帯である。彦九郎日記の「金子沢かまの口、家一軒」に較べると、ずいぶんの隔りがある。しかし二ッ屋の部落は、彦九郎日記では「二つ屋の辺、十五軒、都て五十軒、元は百軒也」としてあるが、現在の二ッ屋は二十九世帯である。小さな谷あいの部落に昔この家数があったのは、砂鉄の鉱夫が集まっていたためではないだろうか。彦九郎日記に「鉄山は大野村の内、三箇所あり」と記されている。しかし、現在では砂鉄は採取されていない。藁屋根の家が散らばっているにすぎない一部落で、竹のない土地のことだから、どこの家でも物干竿は、四谷丸太のような細長い丸太を庭さきに掛けている。

大野村では、開拓移民の百六十七世帯を五箇所に分けて受入れている。その部落には、秣《まぐさ》を乾す白い塔のような、またタンクのようなものを設けている。家のつくりもトントン葺のバラックだから、開拓移民部落だとすぐに見分けがつく。なかには、ひょろひょろの白樺を二本か三本か家の前に植えて、木戸口にキクイモの花を咲かせているのもある。弥栄《いやさか》という部落名をつけているところもある。

二ッ屋からさきは次第に視界が拓けて行き、今まで耕地と云えばジャガ芋畑か稗畑か煙草畑であったのに、稲田の続く平地になって来る。すぐに集村と散村を混ぜ合わしたような沿道風景になって来て、久慈の町に着く。

久慈の大膳

以上、大体この道筋を、天保五年正月上旬、久慈を発した百姓一揆が莚旗《むしろばた》を立てて八戸城下に押寄せた。先ず、正月七日の真夜なかごろ、久慈郊外の畑田という山の方角から法螺貝を吹く音が聞えると、諸所方々から次第に貝の音が吹き重なって来た。折から、久慈の代官小笠原左門は、稗俵の検見に出かけて久慈の三日町というところに泊っていたが、一揆は久慈の百姓大膳という者を首領に頂いて、法螺貝を吹き立てながら代官所に押寄せて屋敷のぐるりを取囲んだ。そこへ代官小笠原が駕籠で駈戻って来て、

「者ども、しずまれ、しずまれ。かねてより、其方どもの申し出は下役へ申附け、願いの通り墨附を城中の御役人へ差出してある。いずれ御達しがあるものと思え。しずまれ、しずまれ」と呼ばはった。

もうそのときには、一揆は四千人に近い数になっていた。代官の宥め文句など耳にも入れず、むしろ代官に一揆の先頭を願って八戸城へ罷り出たいと、即席の願書を差出した。一揆の数は次第に殖えて行く一方で、後から駈けつけた者どもは、もはや久慈街道へ繰出して行った。これを知った小笠原は、急ぎ八戸に向け早打ちの急使を立て、自分は老齢ながら百姓の姿に身をやつし、徒目附など四五人の家来を連れ、百姓一揆の群に打ち混って八戸さして逃げて行った。

一揆が久慈から大野村に着いたときは、まだ夜が明けていなかった。寒風が吹いていた。街道に積っている雪は、百姓たちの草鞋に踏みつけられて固くなり、坂路を上るときなどには滑って転ぶ者がいた。八日の夜明け前のことだから、暗くて人数はよく知れなかったが、久慈口のほか他村から駈けつけた一味が加わって同勢は無慮六七千人に及んでいた。前もって久慈の大膳から、他村へ向けて廻文があったので、さもなくても苦役に困憊し秕政《ひせい》に悩まされていた最中とて、渡りに舟と互に誘い合わせたものである。

大膳の廻文には、「願ヒノ筋コレアリ、八戸へ罷リ出デ申スナリ。家一軒ヨリ一人ヅツ罷リ出デ申スベク、出デザル者ハ、帰リテ後ニ家ヲ潰シ申スベシ……」と書いてあったと「野沢ほたる」に記されている。また「八戸見聞録」という書物には、久慈村の民は蜂起して檄を四方に移して曰く、「我輩、今将《マサ》ニ八戸ニ赴キ請フ所アラントス。若シ来ラザル者アラバ、其家ヲ倒シ、其人ヲ殺サント。四方ノ農民、皆雷同ス」と云ってある。この文語体の会話は、久慈の百姓なら実際どんな風に云うのだろう。私が中里さんに訊ねると、久慈の言葉に通じている三浦君が訳してくれた。

「(おらど、八戸さ行って、コッタラしでこと喋るべェと思う。もし、うンがど加担《かた》ねば、家《え》ッここわすじょ、ぶッ殺すじょ）（うんだ、うんだ）」

八戸藩の秕政とは、一体どんなものであったのか。「野沢ほたる」によると、藩政改革の担当者、奥州一の馬鹿侍こと、野村軍記の苛斂誅求《かれんちゅうきゅう》によるものであったということになっている。一方、「八戸見聞録」によると、野村軍記は「為人《ヒトトナリ》、豪邁不羈、果断明決、武ヲ嗜ミ文ヲ好ミ、（中略）財政ノ困難ヲ救フヲ以テ己ガ任トナシ、心ヲ労シ思ヲ焦シ、寝食共ニ安ンゼズ」となっている。一藩の柱石ともいうべき武士であったとされている。

この相反する説は、いずれが実体をつかみ得ているか知らないが、八戸藩の百姓の困窮は天候不順による凶作と、収穫量に伴わない年貢を取立てられていたためであったことに間違いない。年表によると、この藩内では四年に一度ぐらいの割合で凶作を迎えている。元和元年から慶応二年までの二百五十年間に、五十九回の凶作と十九回の飢饉に襲われている。代々にわたって藩の用金の取立も甚だしい。この藩では飢饉のあった後は必ず富豪に用金を申しつけ、もし応じないときには家や蔵までにも封印して無理にも金を取上げる。だから金のある者も貧乏人のような風をする。銭座（鋳銭を命じてある鋳物屋）に申しつけて、砂鉄で寛永通宝を鋳させ、それを通貨として百姓町人から買いあげた五穀や木材など、他国へ売って藩主の入費や藩士への手当を稼ぐ。鉄の鋳銭は仙台藩のやりかたをお手本にしたものだというが、この寛永通宝をばら撒かれた地帯の者どもは大いに窮することになる。迷惑この上もない。鋳銭のある度ごとに藩内の百姓町人は困窮するのであった。

文化文政のころ、七崎屋半兵衛という大富豪が八戸にいた。店を八戸の十三日町に持っており、別荘を各所に置き、財力は藩主の収入の十倍にも達していた。半兵衛は、金を儲けるため強引に家業に励んだので、御用替主任の野村軍記に睨まれて、文政元年の秋、二万両に相当する鰯の締油や大豆など、船で江戸に積出そうとしているところを軍記の命令で取抑えられた。軍記の藩政改革の方針によると、庶民は他藩の者との交易を遠慮すべきである。交易は藩で取り行われることになった。しかるに七崎屋半兵衛はその禁を犯そうとした。この禁令はまだ布告されていなかったが、これが野村軍記の従来からの方針であった。もし半兵衛の船が出帆していたら、八戸の貧民は大豆が不足して味噌をつくることも出来なくて餓死したかもわからない。軍記は半兵衛に命じ、その罰としていっさいの積荷を藩主に献上させた。この二万両に相当する積荷の没収沙汰は、八戸藩内は勿論のこと取引先の江戸の商人にまで知れ渡った。爾来、半兵衛は道で軍記に逢ってもお辞儀をしなくなった。お互に睨み合ったまま行きすぎるようになった。

津軽と南部

八戸藩の藩庫は乏しくなっていた。そこへ文化元年の凶作である。百姓は年貢を納めることが出来ないので、藩庫は乏しい上にも乏しくなった。藩士に参覲交代の旅銀を与えることも出来なくなり、江戸詰の藩士は灯心油を買うことも出来なかった。藩主の江戸屋敷では、屋根の繕いをすることも出来なくて、雨の漏るままになっていた。これは凶作のためだから主法替主任の手落ちとは云えないが、野村軍記は藩庫を充実させようと苛立って百姓に新田開拓の苦役を課し、十和田山の木材を伐採して鮫浦から積出す計画をたて、不遜な豪商を厳しく取締った。七崎屋半兵衛には金一万両を藩主へ献納すべしと申しつけた。その申渡書には次のように書いてあった。

一金一万両――七崎屋半兵衛

其方儀、当春、御主法替、仰せ出だされ候みぎり、御国恩を忘却し、我儘の致し方これある趣、粗相なる心得、不届の至りに候。これに依つて御詮議の上、厳重に御沙汰に及ぼさるべく候へども、多年、御用向も勤め上げ候事故、御憐愍をもつて、その儀に及ぼされず、金一万両、御用金仰せつけられ候。万一、かれこれ不埒の御請筋なども申し出で候に於ては、きつと重く御沙汰に及ぼされ候。

折から年末のことだったので、半兵衛は九千両を藩主に献じ、残金の一千両は来春まで猶予を願った。ところが翌正月二十三日、半兵衛は五箇条の罪を宣告されて牢に入れられた。国恩を忘却した罪、藩政改革の通達書を他国者へ渡した罪、その写しまで他国者へ渡した罪、人に金を貸すのを迷惑がった罪、藩政改革に際して用金を命じられ、家財の一部に貼りつけられた封印を破った罪。以上、五箇条にわたる罪状である。

半兵衛は家財をことごとく没収された。子供たちは、他家の養子になっている者と嫁入りしていた者は、みんな離縁するように云い渡され、一族は止むなく新井田村に隠退した。半兵衛の老母は身の不運を藩主に訴えて、没収された財産のうち、小判をいっぱい入れた銀瓶を返して頂きたいと懇願した。この願いは許された。半兵衛は幽閉されてから二年目に許されて、新井田村の家族と一緒に暮すことが出来るようになった。

現在、半兵衛の子孫は新井田村に住んでいる。その家のすぐ近くにある対泉院という寺の入口に、天明三年の餓死者を弔う供養碑が建っていて、何か皮肉のようなものである。碑面には、天明三年の大飢饉の有様を漢字綴りの文章で記してある。新井田、十日市、田向、塩入、岩淵、以上五箇村の人数千四百十八人のうち、六百九十六人の者が餓えに倒れ、家数二百七十二軒のうち百三十六軒が空家になり、「御領内総人数六万五千人、○○○○（四字欠字）人余死也、前代未聞事也、後来、米穀等相囲可申者也」と戒めの言葉を入れてある。欠字の部分は誰かが金槌か何かで叩きつぶしたものだろう。中里さんの解説によると、総人数六万五千人のうち、三万人余が餓死したことになっている。

この碑文には、他にまだ八字欠字になっているところがある。これも金槌か何かで叩きつぶしたらしい。中里さんの云うには、飢餓のため人間が人間を食ったという文意のところだそうだ。先年の太平洋戦争のとき誰かのした仕業だという。こんな碑があるのは一村の恥辱だという考えで、湮滅させようと発奮した上だろう。碑としては不運なことで、この碑はトラックに突き倒されたこともあるとのことだ。肩の欠け落ちている部分を鉄の箍《たが》でとめてある。

昔、戦乱のあった土地の風儀は、百年間にわたって歪むという意味の俚諺があった。すると四年目ごとに凶作があった土地では、どんな風儀になるか、詮索的の気持から、碑のそばの対泉院の山門のなかを見た。二人の子供が、遊戯のようなことをして遊んでいた。一方の子供が、砂粒か何かを相手の子供に手渡すと、受取った方の子は首筋を縮めて笑う真似をして相手に返し、次に受取る方は首筋を縮めて相手に返す。それをゆっくりと、あどけない手つきで繰返す。一方は笑う真似をしているが、他の一方は後向きだから、どんな顔つきかわからない。二人とも、学齢に達していない子供のようであった。

こんなのが遊戯だとすれば、ずいぶん単調な遊戯である。山門のなかの子供はそれを飽きもせず繰返していた。中里さんの話では、南部領には子供の遊戯のうちに「泥棒ごっこ」というのがあるそうだ。巡査が泥棒をつかまえて、訊問したり後手に縛ったりする真似をする。その際、巡査の役をする子供は必ず津軽弁で喋り、泥棒の役をする子供は南部弁で喋る。これには理由がある。南部藩の者と津軽藩の者は、藩主、侍、百姓、町人に至るまで、昔から反目していたという。現在でも互に打ちとけない。

だから南部領には、たいてい津軽領出身の巡査を差向けてよこす。巡査が人民と打ちとけては拙い。買収とか贈賄とかの間違いが起り易い。津軽人と南部人の仲ならその心配がない。だから南部領では、巡査と云えば津軽弁を使うものときめている。「泥棒ごっこ」の巡査も津軽弁を使う。しかし、南部弁には南部弁の味わいがあり、津軽弁には津軽弁の味わいがあり、相互にそれが入り混る訊問応答には、抱腹絶倒させられることがあるそうだ。私も一見したいと思ったが機会を得なかった。

さて、百姓一揆の話だが、この騒動の結末を知る前に、百姓の怨嗟の的であった野村軍記の大略を知っておく必要がある。

人気相撲で商売

「野沢ほたる」によると、野村軍記の先祖は明智光秀の草履取であった。光秀の滅亡後は諸国を彷徨し、陸奥の野沢村に土着して百姓になった。それから何代か末の者が生来算術を好み、農業のかたわら算数の稽古を励んだので、この噂を聞いた藩主は奇特のことに思ってその者を勘定方に召抱えた。この者の何代か末の子が八戸藩主に召抱えられた。これが夫婦とも博打が好きで上手だから、町家の金持を集めて博打宿で身代を殖やした。その夫婦の間に出来た子が、成人するに及んで藩主のお気に入りになって権勢をふるい、八戸藩では前後に比類のない権臣にのしあがった。徳川綱吉に於ける柳沢吉保のような存在である。自邸を壮大に構えて庭園に大きな泉水をつくり、藩主のお忍びを願って酒池肉林の楽しみを満喫した。この人物が、今までの野沢姓を野村と改めた野村軍記であって、奥州一の馬鹿侍である。藩政改革と称し、町家在家の富豪から用金を取立て百姓からは苛斂誅求し、おのれに阿諛する少数の御用商人の私腹を肥やす不埒を働いた。

人の伝記や藩の歴史は、信用できない場合が多い。「八戸見聞録」には、野村軍記の先祖は盛岡二十代の城主、南部信時の第三子であったと云ってある。軍記は幼い時から文を好み武を嗜み、長ずるに及んで八戸藩の柱石ともいうべき存在になったと書いてある。

八戸藩では従来、藩治に秕政が多く、紙幣が国内に充ち、融通の道が殆ど塞がれて百姓は困窮に陥ちていた。藩公の南部信真は、これを憂慮し、賢才の士を挙げて富国の策を施そうと近臣に諮った。すると近臣の一人が、野村軍記を推挙したので藩主は軍記を引見し、膝を進めて軍記の陳ずるところを聴いた。軍記は答えて、先ず権臣の勢いを殺ぎ政務の弊を改めなくてはいけないが、その改革の任に当る者は嫌疑誹謗を蒙り冤罪の嘆きに沈み易い。しかし自分は賢明なる殿様の下で、死を覚悟して難局に当りたいと申し上げた。殿様は万事を軍記に任すと云った。爾来、この君臣は水魚の交りを結ぶようになった。その当時まで、軍記の名前は武一、通称を太助と云っていたが、藩政改革の任務に就くようになると藩主から軍記という名前を頂戴した。

野村軍記も大変なことを引受けたものである。我々は自分の悪習さえも治せないが、一藩の弊政を改めるのは容易なことではない。しかも八戸藩では、四年に一度の冷害による凶作があった。百姓から年貢をしぼりあげ、富豪から用金を取上げても、藩が御用商人から借りた金の利息を払うだけでもその何割かふいになってしまう。新田開拓を思いついて百姓に苦役を命じても、これとて百姓のためではなく藩庫へ年貢を取上げるのが主眼だから、収穫は百姓と藩で山分けして、いわゆる分作《わけさく》にする。百姓は有難いとは思わない。

しかし物ごとに躊躇しているような軍記ではない。領下の主産物を百姓町人には勝手に売買させないように厳禁し、藩で買占めて他藩の商人と交易した。利潤をあげるのは御用商人だが、自給自足と行かぬこの藩では、御用商人の助けを借りなくては動きがつかぬ。それで野村軍記は八戸藩を有名にするために、そのころ江戸で甚だ人気のあった四ケ峯という相撲取と、他に数人の評判のよい相撲取を八戸南部家の藩籍に入れた。その費用を捻出するためには、一千両の金を藩庫から借出して家中の者に貸し与え、その利息一年につき二百四十両を浮かせて相撲取を賄うことにした。また八戸においても、家中の者や一般の者に相撲の取組を見せる催しをして、殿様の御臨場を仰ぎ、祝儀や纏《はな》も相撲取を賄う費用の一部とした。尚、八戸の町はずれの岡にお宮を建て、桜の木を百何十本あまり植えて、お宮のそばに流鏑馬《やぶさめ》や犬追物《いぬおうもの》、打毬《だきゅう》の術を演ずる柵を設け、岡の麓には小銃と大弓の射的場を作った。これは家中の若侍たちの嗜好に適した。また江戸の商人とも談合して新しい運送船を造った。文武館という学校も設立し、学問の出来る藩士を推挙して講師とした。この功労によって軍記は加増にあずかり感状を賜った。

四ケ峯をお抱え相撲にしたことは悪くなかった。四ケ峯は江戸の本場所のときも大阪へ旅興行のときにも、大当りの勝ち放してあった。他のお抱え相撲のうちにも、派手な取口をするのがあったので、江戸でも大阪でも、たいていの見物人が番附で初めて八戸藩という藩があったのに気がついた。

さっそく江戸深川の材木問屋から、八戸の御用商人に向けて大量の注文が来た。これをきっかけに、江戸大阪の商人から、漆器、魚の締油、大豆、木炭などの注文が来た。すると領内の商人が物産の買占めに奔走したので物価が高くなった。軍記が百姓に物産の売買を厳禁し、藩で買上げることにしたのはそのためである。百姓町人には他藩の商人と取引することも厳禁した。

打ちつづく凶作

「この時に当り、天保三年の凶作に遭ひ、ついで翌年、再び凶作にして大飢饉――」

と書物に書いてある。

天保三年は冷害による凶作で、十五万九百俵の損亡、翌四年には霖雨と早冷で二十三万三千俵の損亡、打ちつづく凶作によって大飢饉になった。小藩のことで藩主が二万石高の領内だから、二十三万俵の損亡といえば収穫皆無の状況であったろう。

この地方の百姓の主食は稗である。天保三年、四年は、夏でも綿入れを着たというのだから、稲は勿論のこと稗も穂を出したとは思えない。稗はどのくらいの気温がつづくと穂を出すのか知らないが、私が久慈街道筋で見たところ、摂氏二十度あまりの気温が数日間つづいたという状態のもとで、田代村から大道口村を経て大野村に至る沿道の畑には、稗の穂がすっかり出そろっていた。しかし他の耕作物の出来は楽観的とは見えなかった。ジャガ芋の「男爵」という種類のものはベト病で殆ど枯死状態になって、「福寿二号」という種類のトマトは、ひょろひょろであった。農薬のない時代にあって冷害の年の耕作物では目もあてられないだろう。稗や切干大根などは、正月用として幾らかの持越しがあったにしても、役人たちが百姓屋へ来てみんな買上げて行く。「野沢ほたる」には「領内飢饉ニ付キ穀改メ。附、稗三合ノ事」という章に、左のように書いてある。

「斯クテ領内ノ百姓（中略）飢饉ニ付キ（中略）難渋ニ暮シケレドモ（中略）何一ツ御赦免ナク、一粒ノ施シトテモナシ。却ツテ領内中、代官、側役、目附、軒別ニ相改メ、五穀ハ扨テ置キ、菜、味噌、大根、メノコノ果マデ相改メ、蔵スルトコロ、板敷、縁ノ下マデ許シナク厳シク捜シ、米一粒ノ容赦モナク、穀ニ直シ一人ヘ一日、玄稗三合ノ当リヲ以テ充テガヒ、其ノ余ハ何程ニテモ残ラズ買上ゲヲ仰附ケラレケル。当時、稗ノ値段ハ一貫目ニ四斗四升ノトコロ、一斗四升ノ値段ニテ、米、粟、雑穀マデ、右ノ値段平均ヲ以テ買上ゲ申シ達シケル。諸役人、軒別ニ改帖ヲ持ツテ相廻リ、越年新年ノ祝ヒモ叶ハズ、在々ヲ厳シク責メマハリ、(中略) 菜、大根マデ御取上ゲ、手前ノ貯ヘモ自由ニナラヌ世ノ恨メシサヨト、百姓原《バラ》、野村(軍記)ヲ罵リ、上ヲ恨ミ、四万ニ散乱シテ嘆クモ理《コトワリ》ナリ」

これが飢饉に際して野村軍記の案出した対策手段であった。百姓の持っている稗を普通値段の三分の二の値で買上げ、野菜から味噌に至るまでも三分の一の値段ですっかり買占めて、百姓一人につき精白しない稗を一日三合あて配給する。食糧統制法に馴染んでいない百姓のことだから、驚いたのも道理である。穴ぼこを掘って稗俵を隠す富農もいた。すると役人が嗅ぎつけて来て、鍬で掘り出したという話もあった。天保四年のことである。

この年の八月下旬、軍記は金一万七千両を用意して、他藩へ米を買出しに行く旅に出た。七月七日に出羽国の酒田に着き、その藩の用人に会って交渉したが引受けてくれないので、越後の新発田に行ってその藩の家臣に八戸藩の窮状を訴えた。ここでは一万五千両の米を周旋してもらった。次に、加賀の金沢、越中富山、越後の高田に行ったが商談がまとまらず、新潟に行って二千両相当の米を買う契約がまとまった。そのときには、もう米買いの旅に出てから三箇月たっていた。

軍記は十一月上旬、八戸に帰って来て藩主に復命した。ところが越後の米を積んだ廻船は、十一月下旬になっても十二月上旬になっても来なかった。だから家臣への当座の充てがい扶持も稗である。軍記の評判は、がた落ちになった。貧民のうちには餓死するものが出るようになった。しかも百姓から味噌までも取上げるので、民心は沸騰して百姓一揆に及んだ。天保五年正月七日に一揆は久慈村から発し、久慈街道から大野村を経て、道を変え軽米に押寄せて一泊し、翌八日に嶋守ロの代官所門前に殺到した。人数八千余になっていた。このときの有様を「八戸見聞記」に「群集スル者、無慮八千余人、竹槍蓆旗、林ノ如ク雲ノ如シ。東西相呼応シ鯨波天地ニ震フ」と云ってある。竹槍に莚旗は百姓一揆には附きものだが、槍にするほど太い竹のないこの地方の百姓が、竹をどこで手に入れたのだろう。それを案内役の中里さんに訊ねると、

「さあ、どこで手に入れたのでしょう。言伝えでは、鎌で人を斬った者があるといいますがね。莚旗を立てるのは、布ぎれなんか何んにも無くなっているからでしょう。食糧欠乏、衣料不足ですね」

中里さんはそう云った。

竹槍というものは、百姓が侍と決闘するときには、これに限るということである。右足の膝を地に折敷いて、竹槍の先を地に伏せて敵を待っている。相手が刀を振りあげて来ると、相手の顔を目がけて突きあげる。一と突きで倒れてしまう。相手がよほど腕のたつ侍で竹槍の先を切落しても、ひっそぎ竹になって反って勢いよくその侍を突きさすことになる。このとき、ひっそぎ竹にならないように切り落す腕のある侍は、幕末のころなら大藩の剣術の師範に召抱えられる資格があるそうだ。

代官、逃げだす

昔の百姓一揆の選んだ手段には、強訴、愁訴、攪乱、打毀し、焼打ち、山林の盗伐、役所の襲撃など、いろいろの方法があったそうだ。それの原因は、重税反対、苦役反対、役人膺懲《ようちょう》、領主または権臣に対する反抗、食糧統制反対など、いろいろ種類があるそうだ。ところが、久慈村から発した一揆は、その原因も手段も、以上の種類の全部を含んでいた。その上に、この一揆は訴願箇条各種の外に、野村軍記について次の一箇条を附け加えた。

「同人ヲ頂戴仕リ、一日玄稗三合ヅツ食ベサセ、田畑働キモ致サセ薪柴ヲトラセ、村送リニ○○○（三字不明）申シタク候」

軍記を百姓の手に貰い受け、搗《つ》かない稗を一日に三合ずつ食べさせて、百姓仕事をさせ、村から村へ盥まわしにしてやりたいというのである。よくよく百姓から恨まれていたものだろう。軍記は木綿の古手まで藩の役人に一手に商売させた。この掟を破った水戸屋平八、屋根屋藤吉という両人は、庄屋のところへ呼出され、後々の見せしめに髻先を弐分にさせられたという。どんな髪の恰好だろう。この形の髻を「弐ト髻」と名づけ、役人が町じゅうへ触れ歩いたので、藤吉、平八の両人は、人前のつきあいも出来なくて、日夜面目を失い一両年も他行しなかった。生業の上で、よんどころないときには黒い頭巾をかぶったという。非常に見苦しい恰好の頭にされたのだろう。珍奇な刑罰である。

百姓の不平は山ほどあったろう。一揆の訴願書には、願いの筋が七十何箇条に及んでいた。

一揆が嶋守口の代官所へ押寄せたとき、代官中野七十郎は、その雲霞のごとき大群集に怖れをなして逃げだした。この代官は八十歳の老人であった。それを一揆が追いすがると、老代官は道を変えて久慈街道に向け小田坂の方へ逃げて行った。

そのとき小田坂の上には、八戸城から鎮撫に向った代官柴波速馬の率いる一隊が控へていた。これを造作なく追い散らしたのは、軽米右近という者を首領にいただく軽米の一揆である。これは久慈の一揆が軽米に到着したとき参加した一隊だが、久慈の大膳にしても軽米の右近にしても表むきは名前を伏せていた。連判状を書くときは順序よく書かないで、寄書をするように、しかも中央を丸く空白にして、放射状に書きつらね、太陽の後光のように人の名前を書き並べた。はじめに一揆騒動を起す談合の場合にも「えんぶり」という豊年祭の集会、常会の組織をとり、第三者には組織の内容がわからないような仕組にしたのであった。

「えんぶり」は、漢字では木偏に八という字を書くそうだ。八戸市近辺の郷土芸能である。小正月の行事で、昭和二十七年に無形文化財に指定されたそうだ。

一揆の先頭は、天道坂というところで代官の率いる一隊に遭った。それを追い散らし、十日には八戸の鍛冶町畷から城に間近く繰込んで、法螺貝を吹きたてながら城の大手門の前に攻め寄せた。この門に攻め込んだら由々しきことになる。殿様は改易ぐらいではすまないだろう。百姓は妻子ともに磔になる。もし誰か一人でも門内に駈けこめば、城方でも発砲するにきまっている。十五歳以上の侍は悉く武装して登城し、鉄砲方が火縄に火をつけて要害の場所を守っていた。大手門の目附役は、岩崎某、宗某と云い、これが何やら叫びながら門の外に出て来たので、二人三人の百姓が進み出て、低頭平身して云った。その口上を「野沢ほたる」に次のごとく書いてある。

「私ドモハ、久慈十日町ナル惣治、彦太郎ト申ス者ニテ候。百姓ドモ一統ノ本願ハ、稗三合○○○○○……（四十七字、不明）馬宿役ノ儀ハ非道ノモノ、名差ヲ以テ御免、其外、色々ノ苦役免許ヲ誓紙ヲ以テ願上ルロ上ニテモ、全ク以テ一人モ乱暴ガマシキ事、一切仕ラズ候。何卒、願ヒノ通リ仰セ附ケラレ下サレ度ク」

岩崎と宗の目附役が、次のように云った。

「神妙ノ申シ出、具《ツブサ》ニ承リ届ケ候。申シ出デシ箇条、一々モットモノ筋ナリ。拙者ドモ引受ケ、願ヒノ通リ申シ附ケルナリ。早々引取リ申スベシ」

そこで百姓は訴願書を目附役に渡し、野村軍記を貰い受けたい旨と、この寒さでは野宿もできないので、墨附を頂くまで町会所と西町屋徳右衛門方で休息したい旨を願った。これは二つとも許されなくて、宿をとるなら近在に泊れと目附役が柔和な声で云った。

この騒ぎは十一日から十三日まで続いて鎮まったが、一揆の延人数は二万四千人の上を越した。一時は、後から後から新手が押寄せて来た。久慈の一揆のうち、本隊とは別に浦浜づたいに出発した一隊は、角浜の柳孫右衛門という者のところで濁酒をがぶ飲みして気勢をあげ、鎮撫の代官をぐうの音も云えないほどにやりこめた。この一隊は白銀弥兵衛店でまた酒を飲み、これに八浦の百姓が加わって四五千人の数になった。大将は七浜軍太夫という者である。やはり法螺貝を吹き鳴らし、鬨の声をあげながら八戸の城に押寄せた。この一隊は町の人たちに乱暴を働くので、その一人を血気の若侍が撲りつけて火花を散らして撲りあう喧嘩になった。そこへ鉄砲方の二三人が駈けつけると、百姓たちが大勢で取巻いて鉄砲や刀を奪い取って城へ追い返した。この百姓たちは酔っているので手がつけられない。それで酔いのさめる頃合を見はからって、目附役の宗某と岩崎某が現われ、宥めすかして取り鎮めた。この百姓たちは、夜の明けぬうちに城下から逃げ帰った。

百姓の訴願した七十何箇条のうち、百姓方の立場で綴った「野沢ほたる」には、いずれも願いの筋が叶ったので、久慈大膳、軽米右近、七浜軍太夫なども引きとって来たと書いてある。一方、「野村軍記伝」には、「藩主、タチドコロニ其ノ請（百姓の訴願）三四条ヲ許ス。農夫、是ニ於テ解散ス」と書いてある。また「八戸藩史稿」には、天保四年一月十二日の未の刻、四五千人の百姓が鍛冶町畷へ襲来したのを新井田村へ引取らせ、同十三日の昼、久慈の百姓どもが鍛冶町畷へ襲来したのを新井田村へ退却させ、同夜、二千人あまり鮫浦の方面から来襲したのを町から追い返し、同十四日の朝、二千人あまり来襲したのを番所の役人が鎮定して追い返したと書いてある。

現在の八戸城跡には、昔の建物は何ひとつとして残されてない。ただ平城の跡らしい地形だけがまだ崩されないで残り、ぽつんと一つ立枯れになっている二た抱えもある大木が印象的であった。枯れた幹と枝だけ残っている。

「サイカチの木です。あの木の左手の、あの広い道幅の、あのあたりが野村軍記の邸宅のあったところです」

と中里さんが、ロータリーのあるあたりを指差した。ロータリーは、噴水の出ているコンクリート造りの池である。

大手門のあったあたりは、完全に商店街になっている。門柱の礎石があったろうと思われる箇所に、布張りの背の高い広告塔が立っており、商店街の福引の宣伝文句が派手な色の泥絵具で大きく書いてある。福引を引き当てると「東京へ空路御招待」という広告である。

野村軍記が越後で注文した米は、百姓一揆のあった後に届いたが、軍記は中老役を取りあげられて親類の野村彦兵衛方へ預けられていた。この謹慎を許す通達が届いたとき、軍記はもう自殺していたという。

甲斐わかひこ路

碑文

甲州には大昔からの古い道が残っている。これを古道《ふるみち》と総称し、隣国へ通ずる古い道が九本ある。それがみんな酒折《さかおり》というところを起点として、酒折が扇の要なら九本の道は扇の骨である。一と息に道路計画をしたかの観がある。

酒折は甲州の中央部に所在して、甲府盆地へ北から南に向けて突き出した山崎と云う山塊の突端にある。気候の変りめなどに、この山崎の東側に霧が立ちこめると西側が晴れて、西側が霧のときには東側が晴れ、酒折は気流の分岐点にも当っている。その山裾に酒折宮というお宮があって、裏山に連歌濫觴《らんしょう》の地を記念する碑が建っている。そこから盆地を見ると、東の端から南の端、西の端まで広々と一望である。但、連歌濫觴の地というのは、倭武命と御火焼《みほたき》の翁の歌った片歌の昔ばなしによるもので、「古事記」の倭武命の東夷征伐について語る章に次のように云ってある。

「即ち、其の国より越えて甲斐に出でて、酒折の宮に坐《ま》しましける時に歌ひたまは

く、

にひばり　筑波を過ぎて幾夜か寝つる

爾《ここ》に、其の御火焼の翁、御歌《みうた》を続ぎて歌ひけらく、

かがなべて　夜には九夜《ここのよ》　日には十日を

是《ここ》を以《も》て、其の翁を誉めて、東《あづま》の国造《くにのみやつこ》にぞなしたまひける」

一説によると、倭武命は相模の国から三国峠（籠坂峠の北）を越えて甲斐の国に入り、山中湖の近くの平野《ひらの》（忍野《おしの》温泉のある現在の忍野）を通り、明見《あすみ》（明見という小さな湖水があるが昔は大きかったという）を経て、吉田の富士登山口（倭武命の当時は吉田の町も登山口というものもなかった）の北口で三首の歌をうたい、河口湖畔に出て鵜の島で鬨をあげ、大石峠を越え、蘆川を経て鳥坂《とっさか》峠を越え、花鳥村から竹居村を通って、湖水（現在は甲府盆地）の東岸を辿って酒折に到着し、現在の酒折宮より八町ほど上の山の背（現在、古天神《ふるてんじん》というところ）に駐屯していたという。

そこで御火焼の翁は、倭武命と一緒に甲州に来たか、それとも先遣部隊の隊長であったろうか。いずれにしても昔ばなしの翁とは云え、酒折宮の絵葉書に描いてあるような極老の翁ではなかったろう。騎馬で勇敢に先駆をつとめた武将を想像したい。

一説にはまた、倭武命の軍勢は八百余騎、半箇年くらい甲斐の国に駐屯していたらしいと想定されるそうだ。副将軍は三人いて、その一人の大伴の武日連《たけひのむらじ》という武将は、論功行賞として酒折の土地を与えられ、靫部《ゆきべ》の姓を賜った。これは日本書紀に書いてある。また、御子《みこ》の稚武彦王《わかたけひこのきみ》は武部（現在の竹居）の地に封を受けられた。建部公《たけべのきみ》と称していたのが、そのまま封土の地名になったのだろう。竹居村には倭武命を祀った花鳥の岡や、倭武命と因縁の深い名前の鳥坂という峠がある。ここに武部を置かれたことは明白だというが、どんな平和政策を採用し、どの程度の労役を先住民に課したものか、全く不明である。

一方、御子の稚武彦王の事蹟も不明であるそうだ。ただ一つ、この御子に関わりあるものとして、今でも残っているのは道の名前だけだという。古くは東鑑にも、甲斐源氏が駿河国に赴くとき、大石駅（河口湖畔）に宿して富士山麓の若彦《わかひこ》路を越えると書いてある。現在、この名前の古道が残っている。即ち、酒折から大石までは倭武命の通過されたのと同じ道で、大石から先は、西湖、精進湖、本栖湖のほとりを通りすぎて駿河に出る道である。私はこの若彦路を辿ることにした。振出しは酒折宮である。

このお宮は戦争中に改築されかけたまま雨ざらしになっていたが、漸く戦後完成された。近所のおかみさんらしいのが境内を通りぬけるとき、拝殿に向ってちょっと頭をさげ、水舎の裏手に見える木立のなかに入って行った。水舎の両脇に碑が一基ずつ建っている。一基は「酒折詞碑」という題字の碑文で山県大弐の撰である。他の一基は本居宣長の撰で「酒折宮寿詞《ほきこと》」となっており平田篤胤の筆蹟である。「那《な》麻《ま》余《よ》美《み》乃《の》此《この》甲斐国《かひのくに》之《の》此《この》酒《さか》折《おり》宮《のみや》者《は》母《も》与《よ》……」という冒頭で「万代《よろずよ》邇《に》常《とこ》登《と》波《は》邇《に》弥高《いやたか》邇《に》弥広《いやひろ》邇《に》照《てり》将行《ゆかん》栄《さかえ》往牟《ゆかん》宮処《みやどころ》蹟処《あとどころ》」で終り、「寛政《かんせい》之《の》三年《みとせ》云之《の》歳《とし》之《の》正月《むつき》」と訓読させているのだから、この碑文を読む者はクイズをやらされているようなものだ。

ブドウとピアノ

昔、このお宮のあたりには、武将大伴武日連の子孫が何代かにわたって繁栄していたことだろう。甲斐の国は大伴部を多く出したところだが、その大伴部は武日連の末孫ではなかったろうか。だからこの土地が大昔の大伴部を輩出した中心地であったとして、現在では一見他奇なきこの部落は、どんな人気のところになっているだろうか。いったいに街道が交叉している土地は人気が悪いと云われている。ところが酒折には九本の街道が集まって、すぐ近くの石和《いさわ》というところで青梅街道と甲州街道がぶつかっている。この二つの街道は、共に東京新宿の追分を発し、一つは八王子を通って小仏峠、笹子峠を越えて石和に通じている。一つは奥多摩を通り大菩薩峠または柳沢峠を越えて石和に通じている。だから街道が集まっているという点では甲州一国内で右に出るところはない。ついては、正直に云ってどんな気風の土地か、最近、何か例証的な出来事はなかったかと甲府の町で人にたずねると、自分が自分の土地のことを批評しては拙いから、後刻その実例をお見せすると云って、県内新聞の切抜を旅館へ届けてくれた。十一月十六日発行のもので、「酒折にブドウ樹切断事件」と五段に大きく取扱った記事がある。

去る十一月十三日午前十一時、酒折の木川竹治という人が自作葡萄園の手入れに行くと、畑の入口すぐ傍の新品種ネオマスカットの樹が根元から切断されていた。これに仰天した木川さんが、大声で近所の人を呼んで園内を調べると、甲州種のもの十一本、ネオマスカット七本、試作種二本、園内の葡萄の木をみんな切られていることがわかったので、甲府署酒折駐在所に届け出た。切られた木はみんな七年生で、畑に移植してから五年たっている。今まで育樹に力を入れて来て、来年から収穫の最盛期に入ろうとしていた木であった。同地区では先年も同様事件が発生し、葡萄栽培者は慄えあがったもので、ひところは昼夜の別なく見張をつづけるほどの恐慌を来たしたことがある。そこで栽培者たちは、今回また事件が再来したとばかりに恐れている。警察では、単なるいたずらでなく、嫉妬ではないかと見て家人から事情を聴取した。

——そういう記事である。

こんなのは大農園主の場合はともかくも、普通の小百姓なら死活問題である。酒折の人の話では、六年前にも二度ほど同じような事件が発生し、二度とも有耶無耶な結果に終ったそうだ。しかし六年前の事件にくらべ、今度の木川さんの被害は莫大なものである。木川さんは篤農家で、以前から葡萄の新品種をつくるために稼ぎを犠牲にして研究に骨を折っていた。その苦労が七年前に漸く実を結び、二株の試作種をつくって来年の収穫を待つばかりになっていた。それを切断した真犯人は、木川さんの成功を嫉妬して他の木と共々に屠り去ってしまったのだろうという。

果樹の新種をつくるのは容易なことではない。林檎などの新種は、専門の技師でも四十年ぐらいの年月をかけている。葡萄の場合にしても、不運が続けばそのくらいの年月をかけてもまだ駄目だそうだ。木川さんの場合は、しかも半ば成功しかけていた。

諦めきれないだろう。そこへもって来て死活問題が介入する。近所の酒折梅屋敷の主人がそれを気の毒に思って、梅の木に寒肥を施す人夫として木川さんを雇ったそうである。

この事件とは別に、何となくこれと通じるような事件が近くの甲府市内で起った。ごく最近のことである。某学校の音楽部の主催で、東京から有名なピアニストを招聘して音楽会を催した。当日は開会前から大入で、主催者側は大いに満足していたが、開会の辞が終って、控室が取込んでいる隙に何者かがピアノの鍵盤に水をかけた。ピアノのそばの花瓶の水が空になっていた。幕をあける直前のことだから大騒ぎになった。主催者側では、聴衆に詫を入れなくてはならないし、東京から来たピアニストに対しても申しわけないことになった。そういう事件が起ったという。

私はピアノのことは知らないが、鍵盤に水をかけるとピアノは鳴らなくなるそうだ。水をかけた犯人はピアノのことを知っている男か女に違いない。音楽に関係している人間に違いない。しかし誰が水をかけたのか、または誰が水をかけさしたのか、調査は有耶無耶のところで終りになったという。自分では何の利益にもならないのに、後々まで自己嫌悪の情がつきまとうのをかまわないで危険な真似を敢てする。これに縁のありそうな出来事は、丹念に探したら甲州盆地にはまだ一つや二つは見つかるだろう。

二百七十円

酒折宮を出発、南に通じる道を行って甲州街道を横切ると、玉諸《たまもろ》の社といって治水の神を祀ったお宮がある。昔は沼のほとりのお宮であったろうか。このお宮のあたりから南は土地がほんの僅か低くなって、東寄りの和戸という部落の向うに、琵琶塚、在原塚、富士塚という三つの円墳がある。

口碑によると、琵琶塚は夜な夜な琵琶の音を響かせていたそうだ。昔、この土地に琵琶の上手な若い納言が都から流されて来ていたが、土地の者がいじめるので恨みを残したまま亡くなった。その骸《むくろ》を埋めたこの塚は恨めしげな琵琶の音を漏らしていたという。

在原塚は在原業平の次男を葬ったという塚で、昔の物語によると下男に命じて都の母親に和歌と手紙を届けさせ、下男がまだ帰って来ないうちに業平の次男は亡くなった。土地の者がいじめ殺したのだと、現在この土地の人は自嘲的に云っている。この土地では、落人または疎開者をいじめる風儀が昔はあったのだろうか。ここから少し南寄りの稲積というところでは、承久の乱のときの流人の中納言が、鎌倉の頼朝夫人に嘆願してあるから少し待ってくれと云うにもかかわらず、稲積の預り次郎という者が、有無を云わさず斬り棄てた。「ただに斬りてけり」と承久記に書いてある。大昔の武将大伴武日連の末孫末葉は、都の藤原姓の公卿たちに好感を持っていなかったと見える。

このあたりは現在でも風土病が絶えないが、昔の流人もこれに罹病したら忽ちおしまいであったろう。腹が脹れて発熱と激痛をともなう風土病である。病源は人間の産毛ほどの微細な虫で、宮入貝という小さな巻貝を中間宿主にして人間の毛穴から体内に入って行く。梅雨前のころ、麦刈の季節には、宮入貝は溝の堤に這い出している。いつか私はこのあたりで、小学校の子供たちが先生の命令で、堤の宮入貝をピンセットで捕り集めているのを見た。堤に這いあがって来るのだから、人間は路上の水たまりに入っても罹病することがある。

この病気の虫は、他にもまだ静岡県の一部と、広島県の片山というところと、千葉県の印旛沼のほとりにいる。各地とも絶滅に手を焼いているそうだ。就中《なかんずく》、甲州ではこの病気の虫の生棲範囲が狭くない。戦争中、玉諸の社の南一里ばかりのところにあった陸軍飛行場も、矢張り危険区域に入っていた。戦後、それが進駐軍に接収されて土地の人の頭痛の種になっていたが、進駐軍は風土病があるのを知ると、さっとどこかへ行ってしまった。いま米軍の医務当局は頻りに宮入貝の研究をしているというのだから、この土地の農家の人が、我々も決して枕を高くして眠れないと云っていた。

玉諸から平等川を渡って富士見村。

以前、この村は湿地で不作のところであったというが、明治四十年と四十三年の大洪水で笛吹川の上流から土砂が流れて来て全村が埋まってしまった。現在、その洪水以前の杉の大木が記念樹として残されている。樹身の三分の一弱ぐらい上が地面から現われている。下の三分の二は土に埋まっているのだから、枯木になって太い枯枝をつけている。

ところが、土砂で全村が埋まったので、もはや湿地ではなくなって、村民が施肥をしたので野菜にも果樹にも絶好の地味になった。今では活気のある村になっているが、明治四十年と四十三年の大洪水のあった後、埋没した村を復興するまでには相当の苦難を嘗めて来た。大正時代の左翼の闘士は、党員獲得の地方遊説に出かけるとき、まだ経験が浅くて弁舌の拙い者は、笛吹川筋へ遊説に差向けられていたという。弁舌が拙くても容易に党員を獲得できたからである。それだけ笛吹川筋の者は、大洪水で大打撃を与えられ、左翼思想を受入れ易くなっていたということだ。

富士見村でも戦前は争議が盛んに行われた。だから訓練されたおかげで、団結力が強く、進取的で研究的である。しかも土地が新しくて豊饒だ。その上に、勉強家の二百七十円氏という人が、率先して新農法に関する農事懇話会をつくり、農事研究をはじめて耕作に精進した。そのまじめな努力から派生して、若い者たちが純化同盟というのをつくり、虚礼よりも精神を尊重する風儀を生み出す努力をした。

二百七十円氏という人は、村の人から村長に立候補しろと談じこまれて迷惑したが、遂には喧嘩腰で立候補をすすめる支持者に対し、「酒も出さない。金もつかはない。戸別訪問もしない。それでもよければ」という条件で立候補した。選挙費用は、村内八部落に貼ったポスターの紙代七十円、一度、村の一ばん端の部落へ行ったとき買って出した茶菓子代二百円。計二百七十円ですませた。運動員はすべて手弁当で、マイクは、支持する村民の所有するのを使った。当人は村内の人に対する礼儀として、一度だけ各部落へ街頭演説をしてまわっただけであった。対立候補は派手に運動したが落選した。

この村には、各部落ごとにテニスコートがある。村有のコートもある。かって争議で訓練されているから団結力が逞しい。私はこの話を聞きながら、明治時代の田舎の豊かな村はこんなでもあったろうかと空想をめぐらした。二百七十円氏の本名は稲村半四郎と云う。私がその村役場の前を通るとき、（日曜日のことで）一人の若い男が入口のドアの前で、野球の投手が球を投げるときの動作を真似ていた。

鬼子母神の落書

富士見村を東南に向けて通りぬけ、笛吹川を渡って八代村。

そろそろ山寄りの土地で、水害のおそれのない、朝日も夕日も直射するところだから、城址、古墳、社領を持っていた古い神社など、昔の支配者に関係の深い古跡が多い。この村の人は暮しが豊かなんだろうか。通りすがりに見て、ちゃんとした身なりの人が多かった。その一人の二十前後の男に地蔵塚へ行く道をたずねると、「地蔵塚さんはねえ……」と云って、すこぶる丁寧に道を教えてくれた。ところが教えられた塚は、切取られて残った前方後円の半分で、切取られた跡は平らになって道路と民家の屋敷内に取入れられている。どうも腑に落ちないので、あとで人に聞くと、他の間違った古墳を教えられたことがわかった。この村には数えきれないほど古墳があるそうだが、盗掘する泥棒が横行して発《あば》き散らされたという。

贋の地蔵塚から本道に引返し、双子塚という石塔を見て、すぐ近くの定林寺という日蓮宗の寺に寄って弁当を食べた。住職が「今日は家内が甲府へ行って留守ですから」と云って、ながいことかかってお茶をわかしている間に私は弁当を食べた。庫裡の庭に、びっくりさせられるほど太い柘榴の木があった。仰いで見ると、雨が降っていないのに、本堂の厚い茅葺屋根の軒が滴を垂らしていた。

住職は「双子塚御縁起」という刷物を土産にくれた。この寺は、今から七百年ほど昔には左衛門という郷士の邸宅であった。たまたま日蓮上人が甲州巡錫《じゅんしゃく》の途次ここに逗留して、行き倒れの女の死産した双子のために墓を建てて供養した。左衛門は日蓮の弟子になって法名を与えられ、自邸を寺にして門前の双子塚の傍に鬼子母神の御堂を建てた。

そんな意味のことが縁起書に云ってある。

自分の邸をそのまま寺にして信心生活するようなのは、自分の住んでいる邸宅をそのまま高級料亭にするのにくらべ、転向生活に入ろうとする態勢において思いが違っている。では、外観的にその名残でもあるだろうか。私は詮索の目を向けてみた。

本堂は寺と同じ外観で、庫裡は硝子窓をつけた近代的な建物だから、行きずりのことであるし何もわからない。しかし、寺の塀は石を積みあげて素朴に頑丈に出来ている。栗石を厚く積みあげてある。労力さえ惜しまなければ、幾らでも河原から持って来て積みあげることが出来る筈だ。ついぞ見かけぬ形式の石塀である。これが話に聞いた鎌倉時代における、甲州の郷士の邸の遺風で猪垣《ししがき》というものではないかと思った。

この寺の初代が勧請して来たという鬼子母神は、御堂が最近の改築だから廂の裏側にも雨漏のあとがない。鰐口から垂れ下っている縄も、大して手ずれがしていない。壁にもまだ剝脱の箇所が見えないが、正面左手の白壁に鉛筆で乱暴に書きなぐった落書がある。次のような文章であった。

「十六日二時より五時まで君を待った、総勢六人で三時間、時間の空費をした、一時間五百円の弁償をしろ、君を信用しない。バカヤロー、オボエテイロ、コンチキショー」

最近の落書の通例で新仮名である。これは高校生の仕業だとしても、六人で三時間も待ったというのだから、当地へ古墳見物に引率されて来た学生の落書とも思われない。六人で一時間五百円というのだから、時間で稼ぐ高校の先生の仕業と思ってみても納得が行きかねる。

八代から竹居、花鳥、鳥坂峠を越え、蘆川谿谷《けいこく》を下るのが道順である。以前、私は釣に凝っているころ蘆川には二度ほど行ったので、ここから蘆川に行く道は知っている。甲府から花鳥までバスで来て、そこから馬で峠を越えて谷底におりて行く。深くて狭い谿谷だ。いわゆる蘆川入《あしがわいり》十三箇村を貫流する蘆川の水源地で、昔は九一色《くいしき》郷と云われ、最近まで仙郷と云われていた谿谷区域のどんづまりの部落である。ふせ竈と云って、地面を掘りさげた穴に土をかぶせて炭を焼いている。この炭が当地の主要物産となっている。戦前、釣師はここの谷川を山女魚《やまめ》の宝庫と云っていた。

私は蘆川へ行ったとき、二度とも花鳥から馬で峠を越え、帰りは川下の下蘆川というところから、ナンジャモンジャの大木のある鶯宿《おうしゆく》峠を矢張り馬で越えて帰って来た。馬の鞍が新式の革製のときには胯が擦れて肌がむけ、薪を積む木製の鞍に座蒲団を敷いて乗ったときには何のこともなかった。馬はこちらの意志に反して道草を喰い、畑の畦の枝豆を根こそぎ口で引抜いて食べるので、私ははらはらさせられた。いくら手綱をしゃくっても、恬《てん》として枝豆を根こそぎにする。

み空に仰ぐ富士の峰

維新後、甲州で初めて道路や橋梁に改修を加える布令が出されたのは、明治六年一月であった。文明開化の風に従って、主要道路を改修し、また囚人を使って甲府城の外濠内濠を埋めさせて天守閣や角櫓を丸裸にする一方、昇仙峡を流れる荒川の水を甲府の町に引いて飲用水掘割を造った。

そのころ、郡内の河口湖畔から甲府に入る道は、御坂峠を越えるのは鎌倉街道が一本あるだけであった。これに私費を投じて新道を造った人が甲州にいた。この人は明治二年か三年、ビールの製造を思い立ち、明治四年に醸造機械を据えつけて、翌五年に醸造に取りかかった。ところが独逸から取寄せるホップが一斤につき当時の金で一円五十銭という法外の高値であったので、日本の小麦と国産の笹子峠の野生のホップ

（カラハナ草の雌花）を使ったところ、ビールが腐敗したので止むなく再び独逸からホップを取寄せた。ビール瓶は、横浜で外人から空瓶を買い集めて相模の真鶴に揚げ、あとは馬の背で箱根の蘆ノ湖畔、郡内の山中湖畔、河口湖畔を経て、御坂峠石和から鎌倉街道を越えて甲府に運ぶ。そのために私財を投じて御坂越えの新道を造ったので、山越えの人は大いに助かった。八号線という御坂越えのバス道路は、政府の息のかかったもので昭和になって浜口内閣のとき完成した。甲府東京間のトラックや自動車は、今日では笹子越えの悪道をきらって、廻り道でも八号線を多く通っている。

明治初年の頃、甲府東京間の往来は徒歩の者が多かったが、次第に馬車や人力車に乗る者が殖えて来た。この交通取扱の商社は、八王子に松声社というのがあり、甲府に甲運社というのがあって、甲府東京間三十里の道に、二日間の日程をかけるのが普通となっていた。しかし馬車や人力車は、往々にして人馬もろとも断崖に転げ落ちるので松声社と甲運社が協定して、宿場ごとに馬を置き、笹子峠や小仏峠などの険阻なところは駕籠にのせて連絡する。しかも乗客に万一のことがあったときのことを考慮して、馬車や人力車に顚覆保険料をつけ、二日間の旅程を一日に短縮した。明治十七年のことである。顚覆保険料は二円八十銭であった。

それより前、明治十三年には明治天皇が甲州に御巡幸になったので、それに備えて甲州街道に修復工事が施された。沿道の人民ばかりでなく、他の街道沿いの人民も奉仕的に工事を手伝ったので道路は面目を一新した。その年の六月十六日午前五時半、陛下は龍駕に召されて皇居を出御、八王子に着御、御一泊。十七日は上野原に着御、御一泊。十八日は笹子、十九日に甲州へ着御。二十二日に御発輦、二十三日に甲州の国境から信州へお出ましになった。

明治二十九年十月、陸軍関係の推進で強力な中央線の鉄道敷設工事が始まった。これは以前からの政府の懸案で、明治二十四年には議会が中央線鉄道の公債法案を否決して解散になったこともある。揉みに揉みぬいた上で起工され、三十六年六月に甲府まで開通した。その開通祝賀の六月十一日には、総理大臣、陸軍大臣、陸軍大将、台湾総督のほか、二人の大臣が東京からやって来た。甲府駅前には「祝開通」の大アーチが建てられて、大官連や鉄道技師や知事などの祝辞があった後、甲府芸者が総出で手踊をして風情を添えた。甲府開闢以来と思われるほど凄い人出であった。甲府駅前には芸者の手踊をする櫓《やぐら》が建った。酒折では土下座して汽車を拝する者もあった。なかには、感激の新体詩「汽車開通の歌」を、甲府の新聞に投書した人もいた。

「み空に仰ぐ富士の峰（中略）
　あゝそのむかし新治や
　筑波を出でて九夜の
　旅寝の道を時の間に
　行きてかへらう汽車の窓（後略）」
　そういう調べの二十数行に及ぶ詩で、当時の甲府における詩壇の水準から云って甚だ尖端的なものであった。
　この日、東京から来た大官連は、町の豪商の邸宅や一流の旅館に分宿した。汽車は甲府から東京飯田橋の駅まで引返すので、甲府の町の金満家や近郷の富家たちのうちには、家族づれで生れて初めての汽車に乗って東京に行くものがあった。汽車が動き出すと、見送人も見送られる人も喊声をあげた。すぐに別離を惜しんで泣きだす見送人もいた。
　この汽車は、甲府から飯田橋までの間に、一里につき一つの割合でトンネルをくぐって行く。妙なもので、トンネルを通るたびに窓から煙が入って来る。颯爽たる煙である。乗客たちのうちには、大いに喜んで窓から手を出して騒ぎたてるのがいた。汽車が駅に着くたびに乗務員と駅員が、トンネルをくぐるときには窓をしめるように大声を出して窓の外を走りまわった。さすがに、笹子トンネルと小仏トンネルのときには、乗客はお互に戒めあって窓をしめた。八王子から新宿までの間には、汽車の通る両側に杉や檜や花柏《さはら》の森が至るところに見え、遠方になるほど森が茂っているようで、鬱蒼たる杉の森のほとりを行くこともあった。

以上で、私の見せてもらった甲府飯田橋間の交通史の抄録を終る。

西日射す天皇の碑

記述が前後したが、鳥坂峠の上り坂にかかろうとする前に、稚武彦王が封を受けたという武部、即ち竹居村の部落がある。ここは講談や映画でよく紹介された安五郎という博奕打の生れ在所だ。安五郎は竹居の吃安と通称され、罪を犯して新島に流されたが、嘉永六年六月、流人仲間の五人の者と語らって新島の名主の前田吉兵衛を殺害して島抜けをした。この者どもは、江戸で捉まって死罪に処せられたそうだ。いかなる理由か知らないが、伊豆諸島の流人で島の名主を殺したというのは珍しい。島を抜けだして江戸まで辿りついたのも珍しい。不敵な無頼漢であったのだろう。

いったい甲州盆地では、幕末のころになって博奕打を輩出した。津向の文吉も幕末のころの甲州の博徒である。黒駒の勝蔵も、幕末のころ吃安の村の近くで活躍した。よほどの悪代官でもいなくては、同時代にこんなに博奕打が活躍するわけがない。甲州の悪代官の手代や、いわゆる関八州の役人は、大体相場がきまっていたということだ。それが事実なら、上州あたりの旗本領と同じように、甲州でも博徒の親分は縄張の内で、ずいぶん勝手な真似をしたことだろう。山賊の真似をする博徒もいたそうだ。百姓は悪代官の手代に鍛えられる一方に、博奕打の勝手な振舞に辛抱しなくてはならないわけだ。

甲府市外某村の或る古老は、「昔の甲州には、非道い博奕打がいた代りに、えらく実体な百姓もずいぶんいたそうだ」と云っていた。また甲州出身の某氏は「山梨県の人間は、非常に律義で善良な人間と、まるきりそれと反対の者がいる」と云っていた。何か符合するような言葉である。そんなのは甲州に限ったことではない。

私は若彦道中の途次、ふと脇道にそれて境川方面に行ったことを記述したい。蘆川村には行ったことがあるから割愛するとして、境川村の山盧《さんろ》先生と通称される飯田蛇笏翁を訪ねることにした。だが、山廬先生は病後のことだから、境川村へ行く前に先方の模様を打診しておく必要があった。それで道ばたに焚火していた地元の人に、ちかごろ山廬先生の御健康はどんなものだろうとたずねると、いや大変よろしいと云った。その人は焚火を燃え立たせてくれたので、私は暫くその人の話す山廬先生の噂に耳を傾けた。

「もとからそうなんでしたが、未だに山廬先生は句碑を建てるのが嫌いです。絶対に建てさせない。建てると、かんかんに怒ります。その点、実に頑固です」

焚火する人は、その実例を一つ話してくれた。

いつぞや山廬先生は、勝沼の宮光園で八十何人の俳句の同人と句会を催した。宮光園というのは、観光客を受入れるように出来ている葡萄園で、棚の下を歩きまわっても葡萄の房が頭に触れないように棚を高く作っている。棚の下にはベンチやテーブルなどが置いてある。酒保も設けられている。観光客は棚の下を園遊会場と心得ていても結構だ。団体で写真撮影に来る者もある。団体で写生に来る小学生もいる。女給を連れて酒を飲みに来る者もある。新婚旅行に来る東京者もある。これは宮光園ばかりでなく、甲州の観光向き葡萄園の一般だ。しかし句会を催しに来た団体客は珍しい。

西日射す天皇の碑に葡萄熟る　蛇笏

当日、これが山盧先生の作の一つであった。ところが宮光園の老主人は、この句の作者に無断で葡萄棚の下に句碑を建ててしまった。年賀状にも無断でその句を印刷した。絵葉書にも印刷し、観光客にいちいちその碑の説明をした。

「これを聞き伝えた山盧先生、かんかんに腹を立てたね」と焚火をする人が云った。碑をつくるのは、どうしても嫌やな山盧先生である。碑文字を削り取れと、宮光園の老主人へ厳重に掛合ったが、先方では言を左右にする。先方は宮さんの額を二十幾つも掛け並べているような老人である。句碑を建てられて迷惑する気持などはわからない。迷惑を通り越して激怒しているのを先方では感じない。

「それで山盧先生、とうとう発熱したです。さては肺炎を併発されないかと、われわれ大いに案じおったのです。しかし、先生の最後の談判が功を奏し、宮光園の老主人、石工屋に句と先生の俳号を削り取らせることになったんです」

但、「西日射す天皇の碑に」の十三文字のうち、「天皇」という文字だけ残して石工屋に削らせたそうだ。しかも観光客が来ると、宮光園の老主人は、わざわざその事情を説明し、なぜ二字を残したか恭しく話して聞かせているということであった。

蔦のからむ猪垣

私は焚火男に感謝して境川に向った。

地図で見ると、境川村は蘆川村と山をはさんで境を接し、蘆川村から鶯宿峠と黒坂峠を越えて来る二本の道が殆ど並行に村内を通じ、黒坂峠を越えて来る道は村内にある大黒坂、小黒坂という二つの峠を越えている。地図で見るだけでも、足場が良さそうには思われない。地形は南が高く、甲府盆地に向って潔く北向きに傾いている。冬、八ヶ岳おろしが真向から吹きつける筈である。蘆川谿谷が吹雪のときには、この村の上空は晴れていても吹越しの雪がちらつく筈だ。南側が山で塞がっているので雪をかぶった富士山は見えないにしても、衝立のかげに巨大なる氷柱を置いているのと同じことになる。

実地に見るこの村の往還は、全部が坂だから上るか下るかのいずれかである。一本の坂をのぼって行って、その途中から脇道に下ると細い谷川に沿っている邸が山盧であった。私は縁さきに欅の木の見える座敷に通された。久しぶりに見る老詩人は血色がよかった。声にも壮者に劣らない響きがある。

そこで山盧先生から伺った話。

この村には、最近まで猪垣というものが残っていた。大きな栗石を積みあげて、幅が厚く五尺ばかりの高さに築いた石の垣である。場所は、大黒坂から東に当る聖応寺という寺のある山裾だ。この寺は、もと甲斐源氏の先祖の誓願で建立され、いつの頃か廃滅していたが、後にまた伽藍が再建されたのだ。

猪垣は、その寺の山裾に沿うて、畑のほとりに続いていた。山から出て来た猪が畑を荒らすのを防ぐ垣である。猪が盛んに畑を荒らしていた昔日の遺物だが、まだ完全に残っていて、何とも云えぬ風趣をもっている。葛や蔦科の植物など這い纏わって、秋になると紫色の霰弾のような実を結ぶのがまた一としおである。ところが先年の秋、名古屋から来た俳人を連れて見物に行くと、猪垣がすっかり取払われていた。どうしたことかと、畑を耕していた百姓に伺うと、「あれは、わたくしが取除きました」と云う。石を取払えば、それだけ畑の面積が広くなると計算した故だと云う。その石をどうしたと聞くと、開墾畑の石垣をするのに使ったと云う。あれは猪垣といって、今

では珍しいものだと話して聞かせると、

「へえ、そんなものでしたか」と云った。

毎年、秋になると一度は見に行っていたもので、全く惜しいことをした。

「しかし、このごろは猪が急に殖えて来た。富士の裾野の猪が、オネストジョンのため逃げて来るためだ」

　と山廬先生は云った。

　猪は大きなやつが先ず畑を偵察に来る。次の晩は一家眷属を引きつれて来て、まるで鋤で掘り起したように牙でもって掘り返し、一晩に畑全体のジャガ薯《いも》でも琉球薯でも喰ってしまう。その上まだ稲田に侵入して仰向けになって転げまわる。刈入れ前の稲も一と晩で滅茶苦茶だ。

　聖応寺の住職も、猪垣のことは何のための石の垣か知らなかった。この住職は法事のときにはお経を読むが、鉄砲を打つのが上手だから猪や兎を捕る猟師も兼ねている。

　猪垣は頑丈に出来ている。山から駆け下るときの猪は勢いが凄いので、薄弱な石の垣なら牙で突きとばす。四十貫の猪なら、猛烈な勢いで山を駆け下るとき、子供の腕くらいな太さの木でも鋭い鉈で切ったように牙で切り倒す。

「猪垣の厚さは、どのくらいの厚さでしたでしょうか」とたずねると、山盧先生は「このくらいほどの厚さ」と云って、両手で一尺以上の幅を示して見せた。

私が八代で見た定林寺の石の塀は、どうも山盧先生の話の猪垣に類似していたように思われる。その石の垣は高さ一間ぐらい、幅一尺あまりであった。はじめ私が早合点したように、郷士の邸の石塀というような形式のものでなく、もとから定林寺では猪垣の形式で石の垣を築いたのではないだろうか。そうだとすれば甲州にはまだ猪垣が残っていることになる。石の組みかたに実直さが感じられ、よほど古い時代に出来た垣だと思う。すこしも損傷の箇所が見えなかった。

鵜の島の梨の木

夜、九時すぎ、私は山盧をおいとまして甲府の湯村温泉の旅館に着いた。翌日は、もう若彦道中を打ち切ることにした。順を追って道中すれば、蘆川、大石、河口湖、鵜の島、西湖、精進湖、本栖湖だが、私は年月の上ではちぐはぐながら一応これらの土地に行っている。

河口湖と西湖の間あたりでは、作物といっては玉蜀黍《とうもろこし》ぐらいなもので、笊《さる》をつくって行商に出かけるのが昔から村のしきたりになっている。西湖の西南にあたる土地は、ここも玉蜀黍が主要農産物で、戸主や若い者は遠国へ反物の行商に行く。九州の方まで行く者もある。家に帰って来るのは正月かお盆だけである。

この辺では、行商に出て扱う品物が殆ど部落ごとに定まっている。出稼ぎして従事する仕事も、部落ごとに殆ど一定しているようである。たとえば西隣の西八代郡を例に見ると、宮原というところの働き手の男は、殆どみんな大工仕事の出稼ぎをやっている。これも村から村に渡り歩いて、一年に一度か二度しか自分の家に帰らない。その北隣の岩間というところでは、行商に出る者は殆どみんな足袋だの水晶だのを商品として背負って出る。その北隣の落合というところの働き手は、殆どみんな屋根屋仕事の出稼ぎをする。江戸時代のように職業を世襲して行くばかりでなく、集団的にそれをやっている。

本栖、精進、西湖、河口湖の四つの湖のうちで、稚武彦王と縁が深いと思われるのは河口湖だろう。倭武命はこの湖の西岸寄りにある鵜の島という小さな島で、甲斐の国へ進駐した戦勝祝の式典をあげたと伝えられている。（倭武命の時代には、まだ鵜

の島は出来ていなかったかもしれぬ）

ひところ、この鵜の島は湖畔の村と村との奪いあいの的になっていた。湖水の北岸にある河口村の人は、鵜の島は自分たちの村に所属すると云い、南岸の小立村では自分達の村の島だと云い、お互に譲らないので裁判沙汰になった。検事は学者風な人であったので、地質学者に頼んで鵜の島の地質を調べてもらった。この島は、小立村の岸辺から一町か二町ほどの沖にあるにもかかわらず、河口村の地質と同一だということがわかった。裁判は河口村の勝ちになった。地質学的に云って、或る世紀のころ富士山が噴火して河口湖をつくったので、何千年後にこの煩わしい問題が起ったわけである。

大正初期のころから戦争中にかけ、この島に野生のバテレン梨が生えているというので話題にのぼって、一つの疑問になっていた。この種類の梨は、九州と対馬にだけ出来る野生の珍しい果樹だそうだ。この珍木が鵜の島にあるのは不思議である。ますます植物学界の大問題となった。実はこの梨の木は、湖畔の或る人が鵜の島のお宮へ奉納したことがわかったので、二十数年にわたる学界の疑問が氷解したということだ。九州へ雑貨の行商に出かけたとき、自分の信仰する神様の境内で栽植するために持ち帰ったのであった。

備前街道

刀鍛冶の町、長船

岡山から播州赤穂に出る。この街道を辿るつもりで岡山に行くと、吉井川を渡る本道の橋が目下修理中と聞いたので、すこし南寄りの西大寺市の方へ迂回する街道を行った。すなわち、岡山から東山峠を越え、西大寺を経て備前福岡に至り、そこから山陽道に入って、長船《おさふね》、伊部《いんべ》をすぎ、片上から山陽道をそれて海岸町の日生《ひなせ》に寄り、ついでに日生諸島の二つの島に寄る道草をくってから赤穂に着いた。

この街道は、一とまとめにして云えば何と云ったらいいだろう。西大寺の門前で野菜売りのおかみさんに聞くと、「それはなあ、岡山からここ通って行く道は、観光バスコースと云うとります」と云った。ところが長船で刀鍛冶の家に案内してくれた土地の人に聞くと、「この辺の道は、べつに名前なんか無いようです。備前街道と云ったらどうでしょう」という返辞であった。次に、伊部の町に着いて備前焼の窯元の人に聞くと、「すこし無理かもしれませんが、まとめて云ったら備前街道と云っても差支えないでしょう。しかし、ここの街道はもう山陽道の一部です。昔、参覲交代の大名が、この家に寄って小休止をしていたそうです。そのときには、あの井戸の水で茶をたてていたということです」

そう云って、備前焼を陳列した土間のなかにある古井戸を指差して見せた。井桁に蓋がしてあった。

次に、日生町の料理屋の主人に訊《き》くと、

「備前街道といっても、かまわんでしょう。日生街道といっても、かまわんでしょう」と無造作に云った。

赤穂市ではもう聞かないことにした。赤穂から相生に通ずる街道も山陽道と云っているが、これは江戸時代に赤穂藩で造った山陽道迂回街道である。

確かなことは云えないが、私の通過して来た往還は、有名無名いろいろの街道をつなぎ合せたものではなかったかと思う。いま私は街道の名前が無くては都合が悪いので、仮に備前街道という街道を通って来たことにする。その沿道の風景は、次から次に変化があって厭きが来ないのが特徴である。

西大寺市には西大寺という頑丈な造りの大きな寺がある。この寺の裸祭のことは今日では有名になって、雑誌や外国向けの印刷物などにもその祭の情景が写真で紹介されている。夜、この寺の境内で褌ひとつの若者が、千人も二千人も芋を洗うように押しあって、神木なるものの奪いあいをする。会陽といって年に一回のお祭で、岡山の人に貰った写真文庫本には、その祭日時は旧暦の正月十四日の真夜中ごろだと書いてある。土地の人に聞くと、旧の二月十一日の夜の十二時から一時二時ごろだと云う。いずれにしても寒中のことだから寒かろうが、裸祭に登場する若者は、寺のすぐ下を流れている吉井川で水垢離をして祈願をこめた後、坊さんの放りなげる神木の取りっこをする。

坊さんが神木を投げるときには、灯を消して暗黒にする。神木は陰陽二本あって、ちょうど形も大きさも簿記棒そっくりで香を塗ってある。それを奪いとった者が福男だが、お互に暴力で奪いっこしても差支ないのが作法になっているから二千人もの裸男の乱闘が起る。裸と裸が摩擦して熱いので、「坊主、水をかけえ」という叫び声が起きる。坊主は予め内陣に備えておいた四斗樽の水を柄杓に汲んで、揉みあう裸男にかけてやる。すると裸から湯気が立つ。

幸い神木を奪いとった者は、境内から抜け出して、神木を受ける町の人のところへ持って行き、一升桝の米にそれを立てる。その家には、目じるしの白い提灯を出している。裸男はそこへ神木を持ちこむのに土足のまま家に駈けこんでもかまわない。完全に家にはいるまでは、他の者が奪いとってもかまわないことになっている。

神木を受ける人は、去年は十五万円ぐらい福男に出した。不景気で神木を受ける人がないときには、寺の檀家惣代が遠近の町の人に呼びかけてスポンサーを見つけて来る。ひどい不景気の年などには、朝方になって漸く見つけて来ることもあったという。

この裸祭の由来は、土地の博識の人にもわからないようである。年一度にしても大勢の裸男が暴れまわるせいか、この寺の庭は干からびた感じで庭木が一本もない。

西大寺市は、吉井川の川口から一里以上も上流にあるが、このあたりは川幅も広く水量も相当なもので橋の下を帆掛船が通っている。しかも岸が高くて氾濫のおそれがない。何千年も前から人が住みついたところだろうという感慨を得た。

地図で見ると吉井川の川口は、ぐっと左右に岸が開いていて、すぐ向うの児島半島の突端を吸いこもうとするような恰好になっている。ここが干拓で知られている児島湾の入口である。最近は、ますます埋立事業が進捗し、そのために潮と真水の分量の関係で湾内に鰻が寄って来ないので、沿岸の鰻の漁師は仕事がなくなった。この辺の鰻の漁師は、干潟の泥のなかにいる鰻を手摑みするのが上手である。鰻は入口と出口の二つの穴をあけて泥のなかにもぐっている。漁師はその穴の双方から手を入れて探って行き、親指を曲げ第一関節で押しつけて鰻の首根っ子を胴握りにするそうだ。

普通の者では、鰻はするするっと抜けてしまう。しかし児島湾の沿岸の漁師は巧妙なもので、なかでも青江というところの漁師は名人ぞろいだという。そこで岡山市の或る有識者が、その漁師たちを無形文化財に指定するように申請した。その結果、委員たちが鰻漁の実演に立ちあうことになった。当日は、岡山市内の福島小学校に名人たちが招かれて、市の教育委員や県の文化財に関する事務を扱っている人たちが参集し、市内の新聞記者やカメラマンなども詰めかけた。鰻は盥に入れてあった。名人にそれを捉まえさせようというのだが、七十すぎの一番の名人は、「馬鹿なこと」と云って手を出さなかった。それで若い者が（と云っても六十ぐらいの漁師が）一生懸命にやってみたが摑めない。盥から鰻が飛び出して、それを土の上で捉まえた。

西大寺から長船に通ずる街道には、ところどころに古墳が見え、古めかしい本葺の瓦屋根が見えるので、山陽線沿線の風景と違っている。大きな古墳に坂道がつけられて、頂上に寺が建っているのもある。土師《はし》というところには、大きな古墳が前方後円の姿を完全にとどめたまま、青々と茂った雑木山に仕立てられていた。何か贅沢品を見せられているような気持がした。また備前福岡という部落では、碁盤目のような街路の残欠をとどめ、二本の縦の筋道に七本の横の筋道が、きちんと交錯したまま人家が並んでいた。古風な見事な構えの家もあった。この部落は元亀天正の昔に中国地方で第一の大都会であったと云われ、九州博多の城主となった黒田如水はここの出身だから城下町を福岡と名づけたそうである。如水の先祖の墓もここの寺にある。おそらく兵火に焼かれるか水害で流されるかして、ひどい目に傷めつけられたところだろう。水害では川筋なども移動したことだろう。

「この部落の氏神様は、あの吉井川の川向うにあります。旧家のたくさんある部落ですが、どういうものか今でも衰微の一途を辿るばかりです」

と長船の町役場の人が、私たちを刀鍛冶の家に案内する道すがら云った。

この辺の部落は、奈良盆地などで見るようにところどころに家がかたまっていて、集落、道路などが大体において直角で、典型的な条里村である。長船の部落も、よその部落と離れてぽつりと田圃のなかに残っている。この部落の周囲には、もと濠をめぐらされていたということで、今でも濠の跡だと思われる箇所が心もち窪地になっている。町役場の人の話では、長船といっても今では刀鍛冶が一人しか残っていない。しかもその鍛冶師は変り者で、人が話しかけても気が向かないと口もきかない性分である。家は荒れはてるに任せ、雨天の日には雨の漏る家のなかで傘をさして書物を読んでいる。年は七十すぎ、今泉先生と云う。刀鍛冶としては先生は名工だが、近頃は刀剣の注文がないので生活に困っている。極めて良心的な鍛冶師だから、ナイフや庖丁を造るようなことは絶対にしない。

大体その程度の概念を与えられて今泉先生を訪ねたが留守であった。藁屋根が半ば朽ちて穴ぼこを塞いだというトタン板も赤錆を吹き、無住の家のように、庭さきにバケツ一つも見つからない。私がその家の屋根を見ていると、案内の町役場の人が隣の家の人から聞いて来て、「今泉先生は鍛錬場へお出かけになったそうです。鍛錬場へ参りましょう」と云って、すぐ近くの一区劃の荒地の隅にある家に連れて行ってくれた。一見、空き小屋のようであった。その家の土間から六十すぎと見える人が現われると、案内の人が、「今泉先生です」と私に紹介した。まことに人品の良い、目の可愛らしい人である。私が「お邪魔して相すみません」と挨拶すると、揉み手をして微かに「はア」と頷いた。案内の人が「先生、鍛錬場を拝見さして頂きたいんですが、宜しいでしょうか」と云うと、今泉先生は微かに「はア」と頷いて、甚だ枯れきった緩慢な動作で小屋のなかにはいった。しかし私は、刀剣には趣味がないし予備知識もないので話題がない。土間のなかには、ほんの少しの木炭や砂鉄のかたまりみたいなものがころがっていた。隅の方に簡単なモーターみたいなものがある。木の台の上に、切りとった刀の柄の部分や、鉄片などがある。長手の木の箱に水が入れてある。

「これですね。槌で鍛えた刀を、この水につけるんですね。水は井戸水ですか」

私が聞くと、今泉先生は聞きとりにくいほど微かに、

「川の水です。川の水に限ります」と云った。

湯加減が難しいというのは、本当の話かどうかと聞くと、「そのときの状勢次第です」という簡単な返辞であった。私は話題が見つからないので、木の台の上にあった刀の柄を手に取って見た。これは先年の戦争中、軍人の依頼で長い刀を短い軍刀にするために、切りとった柄の部分だと案内の人が説明してくれた。天保十二年云々と刻んであるのもあり、祐泰とか祐永という銘を入れたのもあった。

今泉先生は砂鉄のかたまりを手に取って、意外に詳しく鉄について説明してくれたが、ぼそぼそ声だし専門的な話だから私はもう話の内容を忘れてしまった。しかし一

本の刀を鍛えるのに、十日の日数と三万円の実費を要するという数字的なことが記憶に残っている。刀を鍛えるときに使う炭は松炭に限るそうである。

鍛錬場を出てから、昔この部落にいた刀工祐定の住居跡を見た。祐定は名工であったそうだ。その仕事場の跡は菜園に耕され、当時の庭の蘇鉄の木だけが農家のわきに残っていた。

落人の町、日生

長船から伊部、片上に行く街道は昔の山陽道だが、家並の場所は昔のままのものだから道幅が狭い。バスや自動車は普通では擦れちがうことが出来ないので、どちらかが曲り角まで後戻りして道をあけなくてはならぬ。伊部から片上に行く道は緩やかな上りになっているにもかかわらず、行くにしたがって谷が展けて来る。ふと下り坂になるあたりには、もはや海が近いしるしの黒松が山に生えている。

伊部では窯元の木村さんのところに寄った。ここは昔の御用窯元六軒のうちの一軒で、広々とした工場に窯を設け、職人を使って仕事をさせている。徳利、皿、杯、牛の置物、布袋様、貧乏徳利をさげた狸、お宮の社前に据える狛犬など造っている。窯元の旧家といったところだろう。備前焼に関する昔の記録もいろいろ残っている。

　木村さんのところでは、折よく窯をあけたので工場を見せてもらった。窯から出したおあづけ徳利が、ずらりと並んでいた。朱色の火だすきの出ているのもある。くすんだ色のものもある。窯のなかを覗くと、頬が焦げるほどの熱気があった。その熱気の立ちこめるほの暗い場所に、にこにこ笑う布袋様が何十体となくきちんと並んでいた。こんな大きな窯は二十昼夜にわたって焚くのだが、徳川期の大窯時代には二箇月間にわたって六万貫の松薪を焚いたものだという。

　その日は伊部町の宿に泊り、翌朝は日生町の魚市場を見るために早めに宿を出た。ところが魚の競市《せりいち》はもうおしまいになっていた。市場には、二間四方ぐらいの競台のわきに、書記の坐る高い台がある。競台を取巻いた仲買人が、符牒で値をつけるのを書記が書きとめるということだが、もう市場のなかはがらんとして、背広姿の漁業組合長が競台のわきに、にこにこ顔で立っていた。よほど今朝の商売がうまく行ったのだろうと察したので、

「今朝の競市は盛んでしたか」と訊くと、

「いや、大したことはありません。不漁ですからね。私は今朝、北海道から帰ったばかりです」と云った。

日生には北海道の方まで出漁している漁師もいる。戦前には、朝鮮、五島列島、南方方面にも出漁し、ところによっては日生の漁師村をつくっていた。

漁業組合長は、この市場で取扱う魚の見本として、いろんな小ざかなを平たい笊に入れて見せた。そこへ日生町長がやって来て、これからポンポン船で沖合の島々を視察に出かけると云ったので、私はその船に便乗させてもらうことにした。小ざかなの笊は船に入れてもらった。前の晩、私は伊部の宿で、日生の沖には鶴島という流人島があるという話を聞いたので、その島に渡ってみたい気持があった。

私の便乗したポンポン船は、三畳敷ぐらいの船室が一つしかない小船だが船脚が速かった。旅は道づれの日生町長は、漁のことや島の歴史や風習などについて詳しく知っていた。魚のこともよく知っていた。笊のなかの小ざかなの名前も教えてくれた。ギザミ（ベラ）、車エビ、サンジョウゴメ（縦縞の模様がある）、バリ（アイゴの子）、シマダヒ、セイゴなど。車エビはまだ生きていた。バリは煮ると骨ばなれがよくて、ハラがほろ苦くて乙《おつ》だそうである。サンジョウゴメは非常に美味しいので、三升の米と交換するほどの価値があるから、そんな名前がついているのだそうだ。

ここの日生の海には、至るところの網代に壺網（桝網）が敷設されている。壺網の草分けは日生の漁師で、数百年前から伝統の網だという。この網では四季を通じてあらゆる魚が捕れる。

町長さんは私に、日生町のことを話してくれた。この町は元来が漁師の町である。昔、敗戦の落人が逃げて来て漁師になったところだという。大坂石山本願寺が信長との合戦に敗れたとき、本願寺に属する淡路の水主四十何人も日生に上陸して定住したと云い伝えられている。網代が豊富なためもあったろう。特にナマコや白藻など、昔から中国との貿易に扱う海産があったので、この附近一帯の漁村は長崎奉行の直轄地に指定され、大坂の銅座の支配下にあった。だから言葉づかいも岡山方面と違って昔の上方風なところが残っている。パンフレットの「日生語彙」によると、「来い」は「ごんせ」、「する」は「ひろぐ」、「綿入」は「ののこ」、「ひりひり痛む」は「はしる」、「雷」は「どんどろ」、「慌てる」は「ほたえる」、「あやしげな」は「ひよんなげな」と云う。

浜に鹿のいる島

船の進む左手に大きな島があった。鹿久居《かくい》島といって周囲七里。瀬戸内海には、不思議に周囲七里の島がたくさんある。向い島、走り島、宮島、因の島など、みんな周囲七里である。町長さんの話では、戦前、この鹿久居島には野生の鹿がたくさんいた。漁師が磯近くの壺網をたぐり寄せていると、鹿が親子づれで浜辺をゆっくり歩いているのを見かけたが、戦後、外人が狩猟に来て、一度に数十頭も撃ち取ったりしたので殆ど絶滅の一歩手前にある。江戸時代の記録によると、岡山の殿様は延宝六年七年八年と三年つづけてこの島へ猟に来て、六年には四十三頭を狩猟、翌年は四十二頭を捕り、その翌年は四十五頭を捕っている。記録にあるほかに、その他の年にも藩主や重役が猟に来たことだろう。

町長さんは、この島と日生を陸つづきにしたいと云った。島の裏側は陸から大して離れていない。日生の町は海に迫った山の裾にあって、平地のところは殆ど見つからない。陸つづきにすると、埋立した地面と共に、周囲七里の地面も土地として生きて来て役に立つわけだ。

「しかし漁業権の問題で、漁業組合が反対しますから」

と町長さんは投げ出すように云った。

この島のほか、日生諸島の二三の島は、元禄のころ藩公の指定で軍馬の放牧飼育場になっていた。藩では開墾奉行を置いて百姓に新田を開墾させ、その年貢を馬の飼料に当てていたが、元禄十一年、罪を犯した藩士を鹿久居島に流すことが始まって、それを汐に放牧のことは絶えてしまった。まさか悪政の生類憐みの令とは関係なかったにしても、どういうものか無闇に大勢の藩士が流されて来て罪人が殖える一方であった。重罪の者は、島の西南端に飛島になっている小さな島で斬罪に処せられた。

「あの島です。あれが首切島です」

と町長さんが教えてくれた。

「首がないから、胴島と名前を変えたらどうでしょう。観光地帯のことですから」と、私は云いかけて口をつぐんだ。のっぺりした岩の島で、その名前の由来を書いた立札が立っている。

罪人を閉じこめる牢獄は、鹿久居島げんじ浦というところにあったという。その牢獄の構造を絵図面で見ると、この島に流された罪人は、取扱いかたの上から云って、当時の謂わゆる遠島になったものとは違っていたようである。海岸に向って右手に牢獄、その背後に牢役人の屋敷、足軽番所、小屋敷など八棟、左手に五間の間隔を置いて、長さ十間の長屋が三棟、裏に炊事小屋、薪小屋など四棟ある。ずいぶん物々しい構えになっている。家屋の数から云って、元禄の昔なら、ちゃんとした一つの村里の観があったろう。これが元禄十一年から宝永七年の流罪取止めまで、足かけ十三年間にわたって厳として運営されていた。島役人たちが引きあげるとき、連れていた罪人は五十人あまりいたという。こんな人数に及ぶ罪人が、一藩のうちから出ているのは当時普通のことであったろうか。

首切島から右手に当って鶴島がある。東南の裏側は鳴門の方角に当るので風あたりが強く、絶壁になって海に迫っているだろうと思われるが、表側から見たところではおだやかな丘陵の島山で、ちょっとした砂浜を控えた高みのところに一軒の家がある。そこの砂浜に船が着いたので、私は町長と一緒に浜に降りた。高みへ上り口の井戸端に、徳利の破片やビール瓶の割れたのや空缶など棄ててある。観光客の仕業である。

「このあたりに、キリシタンの流人小屋があったそうです」

と町長は、人家の牛小屋のあたりを指差した。長さ七八間の小屋に、百二十五人のキリシタンが収容されていたということだから、坐ることさえも出来なかったろう。

「殉教者のお墓を御覧になりますか。あの岡の上に一つあります」

町長が坂をのぼりだしたので、私も後からついて行った。人家の前の菜園の隅に、ハブ茶の花が黄色く咲いていた。坂の左右は傾斜になった薯畑で、その耕地が尽きた岡の上の笹原に、黒褐色の二匹の牛が長い綱を曳きながら笹の葉を食べていた。このあたりの笹は、潮風に吹かれるためか上葉がほんのりと枯れていた。クマザサでもなしネザサでもなし、ただ葉の形がクマザサに似て大群落を成している。その笹原を横切って岡の裏手に出ると、名前は知れないが亜熱帯植物と思われる曲りくねった木のそばに一基の墓がある。海風が足もとの方から吹きあげて来た。笹原の端から、すぐ断崖になっているようだ。墓石の刻字は「肥前国浦上村云々……」となっている。

「これは何という木ですか」と、お墓のそばの木の名をたずねたが、町長さんの返辞は海風に消されて聞えなかった。

墓はもう一つあるそうだ。豊後国速見郡、脇三郎という刻字で、元文二年に昇天した人だという。これは日生の町を支配した大坂の銅座が開かれた年である。この島には九州のキリシタンのほか、明暦年間、赤穂藩のキリシタンも流されたという記録がある。江戸時代、そのほかにもまだ流されて来た信徒がいるそうだが、当時、無人島であったこの島に真水の湧く井戸があったので、流刑者を受入れさせられるようなことになったのだろう。瀬戸内海で真水の湧いている島ならば、たいてい誰か人が住みついている。畑があっても人家のない島には必ず真水が湧いていない。そんな島には、隣の島の住民が小船に乗って耕作に出かけている。

殉教者の島、鶴島

現在、この鶴島には、戦後二十万円で島全体を買いとった人とその一族が住んでいる。島というものは、ときには売り買いの商品みたいになるらしい。戦前のことだが、今から二十四五年前に私が尾道へ遊びに出かけたとき、その町の女学校の先生が、抵当ながれの島を私に買わないかと云った。値段は十七円だと云った。岩石で出来ている小さな島で、松の木が五本か六本しか生えていないそうであった。

鶴島の岡の上からの眺望は悪くない。岡の下に島主の家が見え、磯近くの海には鷗の群がっている壺網がある。

「この島の人は、陸地へ用事のあるときには困るでしょう。手紙なんか出すにも困るでしょう」

そう云って聞くと、

「いや、そんなときには、壺網の船頭に頼みます。壺網の漁師が、毎日のように網をあげに来ていますから」

と町長さんが云った。

岡の下から、島主の家の少年が牛の繋ぎ場所を変えに坂路を上って来た。背のすらりとした悧巧そうな子供である。

「日生の町へ、何かことづけがありますか」

と私が云うと、

「いいえ、ありません」と答えた。

「手紙をポストへ入れてあげましょうか」と云うと、

「いいえ、よろしいです」と、さっさと行ってしまった。

そこの広い笹原は、牧場としては大して良くもなく悪くもなさそうだ。小さな島にこんな広い笹原があるのは不思議だが、これは昔の流人たちの開墾した畑の跡ではなかろうか。「浦上切支丹史」によると、鶴島のキリシタンは、労役として男は一日に八坪の土地を開墾し、女は一日に六坪開墾しなくてはならなかった。すると百何人のうち、改信しない者だけが開墾したとしても、三年半にわたる流刑だから開墾した面積は相当のものになる。現在この島で畑にされている地所などは、流人の耕していた畑の一部だろう。

百二十五人のうち、放免されるまでに改信した者が五十五人、改信しなかった者が四十八人、死亡者は十八人（そのうち改信した者が五人。すなわち、五人の者が地獄《インヘルノ》に堕ち、十三人の者が昇天）生れた子供が四人という数字になっている。岡の頂まで開墾していたと思って差支ない。

私は船に乗ってから気がついたが、この島の島主の家から浜寄りの畑に梅の木が何本も植えてあるのが見えた。海辺の梅林はまた趣がある。「浦上切支丹史」によると、鶴島で開墾の成績が上らないキリシタンは、後手に縛られて梅の大木の枝に吊されて、棍棒や竹の鞭で叩かれたということになっている。子供たちが浜に貝を拾いに出かけると、それを見つけた役人が「横着者、怠け者」と叱りつけ、梅の木の枝に吊して折檻する。小使たちまでが役人に諛ってキリシタンを苦しめる。あるとき、病人は浜へ保養に出ても宜しいと医者の許しがあったので、十一人の病人が打ちつれて浜辺で貝拾いをしていると、野上という役人がやって来て叱りつけた。梅の木は、この十一人の者が吊された年から新芽を出さなくなって枯れてしまったという。樹齢を全うしたものかどうだろう。

当時、鶴島には流人小屋と役人の屋敷のほかに、何軒かの流人の小さな家や店屋があったのではなかろうか。浦上村キリシタンの「旅の話」に次のように云ってある。

「とにかく改信者と不改信者とは、不倶戴天もただならぬのであつた。改信者は各個に家を持ち、自由に出歩きされる足でありながら、買物を頼んでも決して応じない。『買物をしてやると五貫の罰金たるべし』と互に規約を結んで居る位であつた。彼等はその魂を棄てた為に良心が穏かならぬので、全く自暴自棄になつて居る。役人が少しでも不改信者に優しくすると、彼等は直に談判を持ち掛けて免職させて了ふ。流石の役人達も彼等にホトホト困り抜いた。欺しすかして苦しめて改信させ、したり顔をした報いが覿面《てきめん》に来た……」

無論、「買物を頼んで」と云っても、日生の町や近くの島へ買物に行くのではないから、島のなかにある雑貨屋か出店かで買って来てもらうように頼むのだろう。役人などでも十五日目ごとに陸の者と交替する制度になっていた。改信した者は「自由に出歩きもされる足」と云ったって、島内を歩きまわることが許されているだけで、やはり流人だから島の外へ出たら抜船の大罪を犯したことになる。食物は一様に、舂《つ》かない麦を混ぜた飯を一食二合の割になっていたが、役人が大体において三分の一ぐらい上前をはねるから一食一合二勺ぐらいの割になる。自分の食べ料を売る余裕のある人はない筈だ。

　この流人たちは、鶴島に流される前に暫く岡山城下の牢に閉じこめられていた。そのころは労役として一日に縄を二百尋ずつなうことになっていて、男は舂かない大麦を煮ないで食べさせられていた。それも一日三合の割で、役人が三割の上前をはねるから正味二合ほどである。女は麦と米と半々の飯を一日四合の割で充てがわれていたが、やはり役人が上前をはねていたので、一度分が茶碗二杯ぐらいのものであった。おかずは、米糠と酒粕と醤油の締粕を混ぜ合したのを二十匁に、沢庵漬が二片にすぎなかった。これでは食べた気がしないので、三度ぶんの飯を蓄めておいて一度に食べていた女もあった。男の方では、牢の外へ引出されたときに草の葉を食べるのもいた。

この餓《ひも》じい思いのために続々と改信者が出るのであった。あながち改信者が役人を煽動したためばかりでもあるまいが、キリシタンというものはずいぶん非道い目に遭わされていたものである。

その他、元文二年昇天の豊後国の脇三郎の苦行情況は不明だと云われている。明暦年間に流刑された赤穂藩のキリシタン数名のことも不明である。

燈籠堂の遺る大多府島

大多府島《おおたふ》は鶴島の三倍か四倍ぐらいの大きさで、鶴島の西にある。

この島は附近の島と少し様子が変っている。もと大きな島であったのが静かに海のなかに沈んで行き、山の峯だけ海面にのぞかせているような姿に見える。海上から見ると、そう思いたいような姿に見える。港に向って正面の山が左右から低くなって切通しのように見えている。暴風で海が荒れるときには浪しぶきがそこを越えることがあるそうだ。海中に沈下した島だと思いたい。山の木がよく繁り、二つの岬が双方から港の水を両手で抱えるようにしているので、水位が急に昇った感じでそんな風に見えるのかもしれぬ。港のなかは水深が相当なもので潮の色も清澄である。大多府港と云うそうだ。

ここには江戸時代における港湾施設の万端が名残をとどめている。島だから残っているわけだろう、燈籠堂、御番所、加子《かこ》番所、大井戸、防波堤、御長屋など。

燈籠堂は今日で云う燈台である。島の東側の岡の上に石畳の台座が残っている。高さ四尺あまり、十四尺五寸四方。正徳四年に建設され、明治の初年まで約百五十年間にわたって夜ごと点燈されていた。当時は電燈がなかったから燈心をともしていたというが、現存する書類で見ると、燈籠堂の規模は大がかりなものである。堂の高さ三丈二尺四寸四分、灯をともす行燈は一丈四尺四寸。初期のころ行燈には白い紙を貼っていたが、風雨のときに破れるので油引きにするようになった。燈心を浸す油皿は二箇所に備え、これに入用な燈油は一箇年に一石一斗五升。燈油も燈心も藩庁から下げ渡され、火ともしの番人(燈台守)は、骨折料として一箇年に百五十目ずつ遣わされていた。どんな燈心であったか書類には記されてない。その灯が何里ほど先の海上から見えたかということも書いてない。苦役の職人を使って仕上げさしたものだろう。大多府港の防波堤も、普請奉行統率のもとに、藩内の各地から強制的に呼び寄せた人夫を使役して構築した。完成したのは元禄十一年である。

私がこの港に着いたとき、折から暴風雨警報をラジオで告げていた。栈橋のところの高い棒の先に、何か穏やかならぬ感じで旗がひらめいていた。雨は降ったり止んだりして、海上ではもう私たちがこの港にはいる前から浪が高くなっていた。小さなポンポン船は横浪をくらって大きく揺れるので、私はシーソーに乗っているときのように船のなかで両手を前に突いていた。しかし船は港にはいると同時に揺れなくなった。沖には白い浪がしらが煩いほどたくさん見えるのに、港内の海面は凪いでいた。

「この石垣も元禄時代の築造です。あの防波堤もその当時のものです。当時の姿そのままです」

日生町長さんはそう云って、元禄時代にここが開港された由来について話してくれた。この話は、町長さんから貰ったパンフレットに書いてある通りだから、その文章の抄略を記す。

「元禄十年九月上旬、薩摩藩主の島津公は、参覲交代で海路を東上中、二百十日の荒れ模様を避けて大多府港に風待ちした。折から大暴風が襲来したが、この港に避難していた船は一隻も遭難しなかった。薩州公は出府の後、池田公に向って大多府港を絶讃し、あの港を改修すれば正に三国一の良港になると云って築港を勧めた。そこで池田公は、国元の岡山へ飛脚をつかわして開港の工事に着手させた。工事は元禄十一年に完成し、同時に、御番所、御用家、加子番所なども竣工した。現存する防波堤は（長さ六十間、幅四間）当時の姿を残している」

町長さんと私は、雨のなかを歩いてお宮の境内にある「みなとや別館」という料理屋にはいった。この店の前はすぐ海で、海水浴場向きの小じんまりした砂浜がある。この店には、夏、海水浴に来る者が、脱衣と昼食を兼ねて立ち寄るそうだ。店の主人はポンポン船から小ざかなを笊ごと取って来て料理に取りかかった。

雨は降ったり止んだりしていたが、風が吹きつのるのでポンポン船の船頭は、いますぐ帰らなくては帰れなくなると云って一人で帰って行った。私たちは中学生通学用の一とまわり大きな船で帰ることにした。この島には小学校はあるが中学校がないので、中学生以上の子供は通学用の船で日生町へ通っている。朝、船はここの港を出て行くと、隣の頭島の港に寄って生徒を乗せ、次に左隣の鴻島の生徒を収容して日生の港に着く。帰りは、普通の客や貨物を乗せ、午後になると生徒を迎へに行く。私たちはその船に乗って日生に帰った。船は大きく揺れた。海上のいろんな船が、みんな嵐を避けるために日生に向って急いでいた。

白堊《はくあ》の赤穂城

港に着くと私は観光事務所で一ぷくして、町長さんに別れるとすぐ赤穂に向った。船で揺れたのでもうくたくたである。ここの街道沿いの風景も悪くないが、いい風景にも食傷したし、雨は降るし車道はぬかるむので、早く宿へ着いて眠りたい一心であった。いや、その前に俺はお湯からあがって、ビールを飲むのだときめていた。旅中、自分が疲労していることに無関心でいられたらいいのだが。

赤穂の町を通りぬけ、観光案内書に書いてある御崎というところの観光旅館に着いた。日が暮れて風が吹きつのり、戸をしめてあっても凄く浪の音が聞えて来る。海が近い。磯から逃げて来たと思われるフナムシが十四も十五匹も床の間の壁を這いまわり、掛軸の下にかくれたり現われたりする。近づいて行って手を振りあげると、さっと逃げ去ってこちらの腕に籠っている力を虚《うつろ》にさせる。妙な通力を持っている虫である。私がげらげら笑っていると、女中が着替を持って来て「お風呂、おめしになりませんですか」と云った。

着替をしてから土間のスリッパをはこうとすると、よく磯で見るシオマネキという赤い蟹が這っていた。こいつにも腕を振りあげてやると、蟹は太い方の鋏を振りあげて横這いに逃げまわった。素早く這いまわるが、格子戸の外には逃げ出さない。

「この蟹のやつ、アクセッサリーのつもりだね。海浜ホテルの感じを強調させるつもりかね」

女中にそう云うと、

「まあ、アクセッサリーだなんて」

と笑いながらスリッパを揃えた。

お湯からあがって来るとビールを飲んだ。料理は、大体において適宜な間隔をもって運ばれて来た。

——実は今度の旅行で、私は宿屋の料理人に調理に関する話を聞いてまわろうと思っていた。この旅行記に「聞き歩き」という傍註を持たせ、岡山と伊部と赤穂と三つの町の料理人について談話筆記を取ろうと企てていた。それが岡山の宿でも伊部の宿でも、忘れていたのではないが、そのときの成りゆきで駄目になった。——せめて赤穂では夕食の献立だけでも聞いておきたいと思ったので、女中に頼んで料理人自筆の献立表を書いてもらった。

次のようなものである。用紙はザラ紙、鉛筆書き。その文字の通り、宛字もコンマも原文のままに写すことにする。

御献立

一、突出し、（かし○　月見団子、甲南漬　シヤケクンセイ

一、吸物、（赤魚　芽ねぎ　ロ　柚子

一、刺身、（おこわ、チヌ鯛平造り　烏賊糸作　青じそ　紅たで　わさび

一、焚合、（京芋、巻軆、さんど豆

一、焼肴、（チヌ若狭焼、栗シブ皮煮、じか

一、茶碗むし、（三ツバ　松茸、銀杏　かし○　百合根　穴子

一、酢肴、（胡瓜、女が、たこ

一、菓物、　マスカット　二十世紀

以上八種

字が読みにくいので女中に読んでもらった。「かし○」は「かしわ」である。「女

が」は「めうが」である。「焼肴」という部分に、「栗シブ皮煮」と書いてあるが、実際のその料理の皿には栗の渋皮煮が附いていなかった。

「さっき、焼肴の皿に、栗の渋皮煮は無かったじゃないか」と女中に云うと、

「ほんと、そうでした」と、あっさり頷いた。

「料理のほかに、献立表を注文する客は、たまにはいるだろう」

「そんなことするお客さん、ございませんですね」

「僕は、献立表を蒐集するのが趣味なんでね。最近からの趣味なんだ」


翌朝、雨は幾らかまだ降っていたが、颱風は関西地方をそれたことがわかった。庭先の石垣の下の道を、バスや自動車が通り、その道の下の大きな岩礁に浪が物々しく打ちつけていた。これに似たような風景は、いつか誰だったか、絵葉書の風景だと云ったことがある。

赤穂の名物は「しほみ饅頭」だと私は聞かされていた。それで赤穂観光協会の人に紹介してもらい、そのお菓子の製造本舗を訪ねて饅頭製造の現場を見せてもらった。しほみ饅頭の原料は、餡《あん》と糯米《もちごめ》の粉である。職人は若い鯔背《いなせ》な男。道具は、五つか六

つ饅頭形の窪みをつけた木製の型。その型に素早く粉を入れ、餡を入れ、粉を振りかけて、さっと篦《へら》で払って板の上にうつすのだ。すると、五つか六つ饅頭の原形が出来ている。所要時間は七十秒間内外である。

　この饅頭の原形を、中年の女がモロブタのなかへ一面に並べ、パイプから噴き出る湯気を全面に噴きかける。それでもう出来あがる。手に持っても崩れない。齧っても、食べ残りが崩れない。

「素早いもんだ。高速機械みたいだ」と驚くと、

「これ召上りますか、一つ。これに蠅が留ると、皮に針で突いたみたいな穴があきます。ちょっと蠅が留っても、すぐあきます。奇態なもんですよ」と中年の女が云った。

　赤穂の町には割合にブリキの看板が少いので、町じゅう空気の流通がよいような印象を受ける。雨のため私は町見物を略して城と大石神社を見て、駅の前の休息所で蕎麦を食べてから汽車に乗った。

　話は別だが、東京庚申塚のお寺の墓地に怪談のお岩様の記念碑がある。厖大な、堂々たる石碑である。この石碑に女がお祈りを捧げると、旦那の浮気を封じる呪いになるという迷信があるそうだ。よほど以前、或るとき私が庚申塚の友人を訪ねると、

石碑か何かに関する話から、

「では、お岩さんの碑を見せてやろう」と、その碑のところへ連れて行ってくれた。

大きな石碑であった。その碑に向って、領脚《えりあし》の白い中年の女が手を合せて一心不乱に祈っていた。「祈っている、祈っている」と友人が声に出して云うと、女が急に我に返ったように振向いて、

「浅野公の奥方のお墓なら、そこにありますよ。播州赤穂城主、五万三千石、浅野内匠頭長矩公の奥方のお墓」

そう云って、お岩様の碑の右手に並んでいる小さな墓の列を指差した。少し頭が狂っているんじゃないかと思われた。

女は、私たちが呆気に取られている間に、私たちのそばを通りぬけて行った。待合のおかみさんであろうというのが私の推定であった。

女の指差した小さな墓の列は、誰か無名氏一族のお墓かもわからない。墓というよりも石ころの列みたいであった。その墓列のなかに、もし浅野公の奥方の墓があったとすれば、そこに並んでいたのは奥方の一族の墓だろう。私は、友人の半信半疑だとする説に同調した。

それはもうよほど前のことだから、ながいこと私はそのお墓のことを忘れていた。今度、初めて赤穂で城の隅櫓や立派な大石神社を見て、ふと庚申塚の墓石のことを思い出した。

赤穂城の隅櫓は、最近再現されたものだという。石垣の色と対照して白壁の色が白すぎた。

天城山麓を巡る道

伊豆のバス

伊豆の伊東から山道をとって伊東峠を越え、八幡《はつま》、原保《わらぼ》、国士《こくし》峠、湯ヶ島、天城《あまぎ》峠、湯ヶ野、谷津《やづ》という順にまわり、谷津から東海岸を北に向って、もとの振出しの伊東に帰って来る。大体これで天城連峯の山麓を一巡することになる。私はこの順路に辿るつもりで印南君と一緒にその旅に出た。

早廻り旅行のことだから、伊東から八幡まで東海バスという山越えのバスに乗った。見晴しのいい峠を越えて行くのだが、S字状S字状と続く羊腸の道で、ときどき高い崖の上を行くのだからスリルというのがあって退屈しなかった。乗客たちは絶えず黙りこんで不安そうにしていたが、一人の乗客が不意に携帯ラジオを甲高く鳴らしだした。その放送は音響が悪くて意味のわからぬ大声に聞え、それを調節しながら噛んで吐き出すように、

「熱海の湯は、さっぱりつまらん。伊東の温泉もつまらん。箱根もつまらん」

その男は連れの女にそう云って、鳴りつづけているポータブルを棚に載せた。箱根から熱海、伊東と湯治の旅をして来た客と思われる。ラジオは棚の上で鳴り続けていた。私は、俄然この旅行に活気が生じたと思うことにした。

八幡でバスを降りるとき、車掌に原保行きの連絡バスの着く場所を尋ねると、要領を得ない返辞をした。すると乗客の一人が、発車しかけたバスのドアをあけ、

「あそこの、石の道しるべのところで待ってらっしゃい。駿豆バスが来ます。このバスと別な会社のバスですから……」

と教えてくれた。

道しるべは二つに折れていた。私はそこに暫く立っていたが、伊豆の名物だという西風が強く吹きつけるので寒くて叶わなかった。吹いて一と息してまた吹きつける。雑貨屋の前で、自転車を修繕していた人に訊くと、

「役場へ行けばハイヤーを出してくれます。大型と小型と二台あります。小型はジープです。原保までなら大型の方がいいでしょう。役場のアルバイトですから、遠慮しなくっても宜しいです」

と教えてくれた。

役場はすぐ近くにあった。門柱に「田方郡中大見村役場」と書いた大きな標札が掛けてある。印南君が受附で頼むと、大型でも小型でも好きな方を出してやると云って、フォード型の車を出してくれた。

乗替の汽車やバスを待つときの焦れったさは、誰だって経験していることである。しかしバス会社の方でも都合がある筈だ。会社と会社の競争もあるだろう。

人の話によると、伊豆では現在、堤康次郎という人の駿豆鉄道と、五島慶太という人の電気鉄道が経営競争に突入する寸前だそうだ。こんな話は「名勝負物語」を書いた村松梢風さんなら面白く書けるだろう。堤方では、三島から修善寺に至る駿豆鉄道を経営し、沼津から伊豆西海岸に通ずるバスと、八幡から原保を経て筏場《いかだば》に至るバスを持っている。これに対して五島方は、伊東から伊豆東海岸を下田まで通じる電気鉄道敷設に着工するということで、すでにその道筋には木標を立てている。

両者、老事業家の一徹で互に負けてはいない料簡だろう。第三者としては、どちらも勝てと云っておきたいところである。五島方では伊豆脊梁山地をスカイラインによって一周する案を立て、大仁から下田に至る線と、熱海から伊東に至る線の高速自動車網をつくる計画で、その開発の手はじめとして韮山の水宝閣と、今井浜の真砂荘を買収したそうだ。これに対して堤方は、伊豆開発の拠点を長岡の岩崎別荘に置き、すでに戦前から大仁の大仁ホテルの経営に当っている。そのほか両者は、箱根でも軽井沢でも同じような事業で互にしのぎを削っているそうだ。

ワサビさまざま

原保では木屋《きや》という宿屋に泊った。ここには宿屋といってはこの一軒あるだけだ。私は二階の端の部屋に通された。西風が窓の隙間から吹込むので置炬燵をしてもらい、宿帳をつけながら女中に雨が降って来たのかと聞くと、家の前を流れる小川の音だと云った。所在なさに宿帳を見ると、前日に泊った客は二人きり、いずれも東京足立区の人で旅の目的は「釣」と書いている。その前日に泊った客は、「登山」が目的の千葉県の教員と、「行先」を「近在」と書いている二人の遊芸人と、「釣」が目的の東京の会社員四人である。その前日は、富山の水橋というところの糸売が一人だけ。ここで「釣」というのはヤマメ釣にきまっている。

宿帳を見ながら炬燵で充分に温まってから、村役場へ出かけて行って控室の囲炉裡ばたで、ワサビ協会の飯田さんという人や村会議員の萩原正明さんという釣師と面談した。萩原正明さんには、私は五六年前に、この土地の菅引《すげひき》川の奥へヤマメ釣の案内をしてもらったことがある。

菅引川というのは左右の岸にワサビ沢のつづいている渓流で、案内の正明さんは釣の名人だから殆ど入れ喰いでたくさん釣りあげた。私は釣れないので丸木橋のところで山桑の木にのぼり、アケビの実を取って魚籠を重くした。魚籠の重みから受ける感触はヤマメもアケビも変りがない。

ワサビ沢には、ところどころに弓を引きしぼった案山子《かかし》が立っていた。狸や猪を威かすためである。狸は、ワサビの上に置いてある小石を裏返して沢蟹やムカデに似た虫を取って食べるので、小石の重みを取払われたワサビが川下に流れて行く。猪は長い鼻の先でワサビ沢の砂礫を掘り起して沢蟹を食べるので、その範囲のワサビを全滅さしてしまう。

「しかし、猪はワサビを食べません。狸が来たときには、どういうものかワサビの葉がちぎれています。その理由不明です」

とワサビ協会理事の飯田さんが云った。

私は、この前ここに来たとき、ワサビ泥棒の話を聞かされたが、最近は滅多に来なくなったそうである。今では泥棒よけの仕掛が充分に出来ている。以前はその仕掛が出来ていなかったので、数人の泥棒が組をつくって一夜のうちにごっそり盗んで行ったそうだ。泥棒の親分は東京にいて、浮浪人を狩集め旅費や手当を出して伊豆へ差向ける。泥棒たちは、たいてい二隊に分れている。伊豆東海岸の熱川から山越えで来る組と、大室山の東南に当る池というところから侵入して来る組との二つに分れ、朝のうちに出発して現場へ夜になって到着する。

「彼らのワサビ泥棒するスケジュールは、殆ど一定しているようです。来る途中には、帰りの道しるべのために、木の枝を折ったり木を倒したりします。つまり、言葉通り栞をするわけです」

と正明さんが云った。

ワサビを栽培するには、里芋を植えるのと同じように子を摘みとって、そのなかで一ばん太いやつを植えつける。他の小さい芽苗はワサビ漬の原料に混ぜる。植えつけた芽苗は二年で生長に達するので、狸や泥棒に荒らされては栽培者は立つ瀬がないから対抗策を講じている。

泥棒に対する策は別として、猪や狸に対しては「役《やく》」と云って交替で夜番を置いて見張をする。施設としては、弓を引きしぼった案山子の他に、縄や針金を張りめぐらして鳴子をつける。また、「しょうず」と云う簡単な水車を設けて杵で音をたてる仕掛をする。女の髪の毛を焼いて獣の嫌う臭気を漂わす。「ししがき」と相まって「くねぼり」という堀を掘る。

「しょうずというのは、そほずと云っているところもありますね。あれを何故、漢字では水車と書かないで案山子と書くのでしょう」

と私が訊くと、

「ここではしょうずと云います。杵で鉄板を叩くような仕掛にして、猪や狸を追い払います」

と飯田さんが云った。

だからワサビ栽培も並たいていの苦労ではない。ワサビ沢をつくる手数も大変だ。六尺くらいの深さの底に大石を並べて次第に小さい石を並べ上げて行って砂礫を敷き、流れる水が石の間から少しずつ下に抜けて行くようにする。これは伊豆式と云って、明治三十何年かに沢のワサビが腐敗した折、偶然に発見した方式である。だが、年月がたつうちには、ワサビの根が三尺くらいも深く石の間に喰いこんでいる。それを取除けるため、二十年に一回あて石を築きなおす必要がある。

　飯田さんは伊豆でのワサビ栽培の由来を話した。

「一八〇六年、文化三年のことです。私のうちにある文献で見ると、ここではその年、初めてワサビのことが問題になりました。伊豆のワサビのことは、日蓮上人時代の文書に出ています」

　飯田さんは、そこのところだけ年代などはっきり云って、あとは誰かが駿河の安倍川上流から移植したのだと漠然としたことを云った。

　飯田さんの先祖は、文化年間に初めてワサビ栽培のことを問題にしたのだろう。あるいは、この土地（地蔵堂）に初めてワサビを移植したかもわからない。あとで谷津で聞いた話では、天明のころ湯ヶ島の板垣勘四郎という人が初めて安倍川から持って来て、天城の渓流に栽培したということである。湯ヶ島の人は安倍川から持って来て湯ヶ島に栽培し、地蔵堂の人も安倍川から持って来て地蔵堂に栽培する。そういうことであったかもわからない。

　そこでワサビの品質だが、伊豆の人は伊豆のワサビが最も上質で、本元の安倍川のワサビは場違いだという説に一致しているようである。しかし湯ヶ島の人は、湯ヶ島のワサビは甘味があって最上だと云い、地蔵堂の人は地蔵堂のワサビは太くて引きしまっていて匂が良いので最上だと云う。

飯田さんの話では、同じ土地でも沢と沢が一町も離れるとワサビの味も匂も大いに違う。主に水の質によるのだそうだ。筏場川のようにヤマメがよく太る水質では、ワサビは生長が早いがざくめといって密度がない。硫黄分があって硅酸を含み、水温が十二度から十四度までの変化の少い水で、湧水地から少し川下の沢のワサビが優秀だという。

私は粉ワサビと本ワサビの区別がつく程度である。五六年前に地蔵堂へ釣に行き、その数日後に大阪へ団体旅行で行って宝塚の料理旅館に泊った。夕食の膳に刺身が出て、よく磨りおろして庖丁の背でたたいたと見えるワサビがついていた。それを醬油に落した瞬間に、ぱっと散って溶けた。数日前に地蔵堂で聞いた話だと、ワサビは正にそれでなくてはいけないのだ。地蔵堂のワサビはそれが特徴だと聞かされていた。

「これは伊豆のワサビだね。地蔵堂のワサビだろう」

私が独りごとでそう云うと、そばにいた旅館の主人が、

「おや、それがわかって下さいますか。有難う存じます。おそれ入ります」

と感じ入った風で、私に酌をした。

大阪人は調子がいい。地蔵堂のワサビでなくても、調子を合せたかもしれない。

「せんだって地蔵堂へ釣に行って、ワサビのことを聞いて来たばかりです」

と私は打ちあけておいた。

間違い

話は別だが、伊豆の川ではヤマメに禁漁期間を置いていない。木屋旅館の宿帳で見たように、二月でも雪しろヤマメを釣りに出かける人が少くない。原保は狩野川支流の、そのまた支流の地蔵堂川と筏場川の合流地点にある部落であって、そこの落合の少し川下に菅引川が流れこんでいる。

この三本の川に関心を持っている釣師は少くない。菅引川は天城の寄生火山である遠笠山と、天城主峯の万二郎岳の間から北に向けて流れている。その源を極めた人はまだいないというが、深い谷間の川だからヤマメの数が多い。地蔵堂川は万二郎岳と並ぶ万三郎岳から源を発し、これも水量が多いので魚の数が少くない。筏場川は万三郎岳と八丁池山の麓の噴出岩地帯に源を発し、たぶん水質のためと思われるがヤマメが太っている。

万二郎岳、万三郎岳、八丁池山は、天城の外輪山の一部である。一と口に天城連峯と云っても、これ以外は外輪山を吹きとばして噴出した山か、または茅だけ生えている丸っこい形の寄生火山である。地質が複雑だから面倒くさくて私にはわからないが、それぞれ谷によって樹木の分布の仕方が違い、川によってヤマメの太り工合に差がついている。

正明さんは、この附近のヤマメ釣の餌について注意してくれた。雪しろヤマメなら、スズコ、川セミ（チョロでもなさそうだ。四季にわたって見つかるそうだ）葡萄蔓の虫、玉虫の幼虫、切りウジ（稲の根をくう虫）ワサビ沢にいる蚯蚓。しかしスズコは塩で少し固くしたのがよいそうだ。

飯田さんは、ワサビの花には辛味があると云った。大根の花に似て小さい十字花だから可愛らしい。茎や葉をつけたまま花をお湯のなかに十分間くらい漬けた後、三ばい酢にして食べると酒のとき宜しいそうだ。

「それにしても、刺身一人前で、本ワサビなら二円ちょっと、ねりワサビで七十銭です。東京の場末では、どうして小料理屋が本ワサビを使わないんでしょう」

と残念そうに飯田さんが云った。

原保から、山越えで湯ヶ島に出る道がある。去年の十一月に立派な観光道路が完成したと正明さんが云った。それで私は翌日の朝、湯ヶ島の車を呼んでもらって出発した。立派な道が丸っこい枯草山の中腹に通じ、名前は知れないが恰好のいい山が右手に遠く見え、その向うに雲から突き出た白い富士山が見えた。国士峠を越え、すこしずつ下り坂になるにつれて目の下の谷間に湯ヶ島が見えて来た。それを目がけて下る一方になったころ、落磐で土砂と大石が道を塞いで石垣までも吹きとばしていた。石垣の下は急傾斜である。道の上は絶壁だから徒歩でも進めない。

「今朝、私は修善寺へお客を送るついでがあったので、修善寺から原保へまわりました。こないだは通れたんですが、これじゃ仕様もない」

と運転手が云った。

「湯ヶ島が目の下に見えるのに、おあずけか。仕様がない、引返そう」

と修善寺まわりで湯ヶ島へ出ることにした。

地図を見るまでもなく、せっかく三角形のA頂点からC角のすぐ近くまで行ったのに、引返してA頂点を通りすぎB角をまわってC角に行く順路である。原保の村役場の前は知らぬ間に通りすぎた。木屋の玄関さきには数人の釣支度の男が立っていた。

修善寺に近づくにつれ、気温が幾らかずつ上って来るのがわかった。修善寺を通りすぎて湯ヶ島へ近づくにつれ気温が下って来て、湯ヶ島の先はまた寒くなって来たが、道ばたの沢のワサビはもう花を咲きかけているのがあった。天城峠のトンネルをくぐると、山椿の蕾がまだ固い場所と、充分に花を開いているところがあった。不思議に思って運転手に聞くと、この辺には一箇所、大寒地獄のような寒いところがあって、二十年ばかり前までは、そこで氷をこしらえて湯ヶ島に運んで夏まで貯蔵していたのだと云った。槽に清水を汲みこんで凍らせていたそうだ。

湯ヶ野も、峯温泉も素通りして、谷津の南豆荘《なんとうそう》に投宿した。以前、私は河津川へよく鮎釣に出かけたので、この旅館には二十何年間に前後二十何回の上も泊っている。昨年の夏は神経痛の療養のため、暫く湯治するつもりで家内に電話をかけさせたが通話に喰い違いが起った。南豆荘の方では「お宅の旦那さんは、いま散歩にお出かけですが、奥さんからお電話があったら、すぐお出かけ下さるようにと仰有っていました」と云い、家内の方では、「いいえ、うちの主人は、いま廊下で文芸春秋社の印南さんと将棋を指しています。では電話を切ります」と云って電話を切った。

「同時に同一人が二箇所にいるなんて、気持が悪いから電話を切りました」と家内が云った。

廊下で私と将棋を指していた印南君は、

「妙なことがあるもんですね。実に妙なことだなあ」と首をかしげた。

要するに人違いに違いないと思ったが、何か薄気味わるいような気がしたので、南豆荘に行く代りに甲州の温泉に行った。その留守に、南豆荘のおばあさんが東京へ出て来たついでだと云って訪ねて来て、

「荻窪の江淵さんと、荻窪の井伏さんの間違いでした。わたくし、会津の生れで御座いますから、イとエの区別が出来ないんだと、あとで子供たちから冷やかされました」

と云ったそうだ。

事情がわかってみると、こちらもそれくらいなことだと思っていたような気持になる。

私としては、こんなことは笑い話だが、南豆荘のおばあさんは蒸返して私に事情を話した。私は印南君をおばあさんに紹介して、

「あのとき、この人と将棋を指していたのです。どうも不思議な巡りあわせですね。あのとき僕は将棋を三対零で勝ちました」

と云って印南君を苦笑させた。

おばあさんは、あくまでも大まじめで、ィとェの区別が出来ないから間違いをしたと繰返して云った。元来この老女は、そそっかしいというよりも大事をとりすぎて、そそっかしさを真似たようなことをする。私が初めてこの旅館に来たときにも大事をとりすぎて私に無駄足をさせた。このことは以前もう文章に書いたことがある。行きがかりだからここにまた書いた。

なんて馬鹿な魚なんでしょう

二十何年前のことである。ある学校の語学の先生で甘さんという人が、数人の教え子を連れて天城に登り、暴風雨に遭って道を迷った末に辿り着いたのが南豆荘であっ

た。そのとき甘さんは宿の待遇がうれしかったので、その後は教え子を連れて出る旅行だと云えば伊豆に出かけて南豆荘に泊るようになった。私にも是非とも南豆荘へ行って静かに長篇小説を書けと勧めてくれた。私は長篇小説を書くつもりはなかったが、甘さんが頻りに勧めるので紹介状を書いてもらって出かけて行った。

谷津に着いてバスを降りると夕立が来て、おまけに道を迷ったので、南豆荘の玄関に着いたときには濡れ鼠になっていた。ポケットに入れておいた紹介状は雨にぬれ、これを取出そうとすると封筒が剝げてしまった。毛筆の字のうまい甘さんが、薄い和紙の封筒と薄い巻紙に書いてくれたのでこんなことになったのだ。玄関に出て来た女中は、こちらが紹介状を出さないのに待ちかまえていたように私を二階の部屋に案内してくれた。あとで聞くと、女中は私のことを、山登りで遭難して駈込んで来た客だと思ったそうである。

私は温泉にはいってから川へ行って見た。洗い場のところに何百尾とも知れぬ魚の群がいた。洗濯しているおかみさんに、あれは鮎ですかと聞くと鮎だと云ったので、道ばたの釣具屋で蚊鉤と玩具の釣竿を買って釣ってみると、わけなく釣れるので日が暮れるまで釣った。

翌日、宿の女主人が私の部屋へ挨拶に来て、

「お客さんは、何日ぐらい御逗留で御座いますか」と云った。

鮎を釣りたいから一週間か十日ぐらい滞在したいと答えると、この部屋には或る学校の先生が一両日中に研究論文を書きに来ることになっているのだから、階下の部屋に移ってもらいたいと云った。

階下には、某大学のラグビー選手の団体が、一人の西洋人の監督と共に泊っていた。よしんば空いている部屋があるにしても――私は咄嗟の考えで、

「しかし、僕は鮎釣を本格的に教わって、今度また改めて来ます」

と云って引きあげることにした。

宿を出てバスの停留場へ行く途中、研究論文を書きに来る客というのは私のことではないだろうかと思った。甘さんがそう云って通知してよこしたのではないだろうかと思った。いずれにしても私は鮎の友釣の仕方を教わって、改めてまた来るつもりでバスに乗った。

東京に帰ると、佐藤垢石《こうせき》に友釣を教えてくれと速達の手紙を出した。暫くすると返事が来て、その翌日の朝早く垢石と東京駅で落合って富士川の十島へ行った。友釣の

仕掛や糸の結び方や鉤の磨き方は、汽車のなかで垢石が実地に示して教えてくれた。

「これは原則だ。年月がたつにつれて、ここから出て、またここに戻ることになる。まるで文学概論と同じだね」

垢石はそう云っていたが、最近の流行では鉤の磨き方が垢石の教えてくれたのと変っている。垢石は、鉤の先の内側を平らに磨き、外側は三角に磨き、鎗の三角穂のようにしろと云った。現在では、外側を平らに磨き、内側を三角に磨くことになっているのだ。鉤が鮎の肌に突きささるとき、力学的に云って最近のやりかたの方が鋭くささる。しかし垢石の云ったように、また以前のやりかたに逆戻りするかもわからない。

私が富士川へ行って帰って来ると、留守の間に南豆荘の女主人が伊勢海老を手土産にして私のうちへ挨拶に来たそうであった。甘さんが南豆荘へ電話をかけて私の動静を問いただし、私の人相風采を詳しく云ったので、濡れ鼠になって飛びこんだ客が私であったとわかったのだ。

「甘さんに電話で非道いこと叱られました。第一、宿帳を取らなかったのがいけないと叱られました。お宅様の御主人がお帰りになった後で、女中と噂をしたことですが、どうも旅なれた人のようだと女中が申しておりました。折角おいで下さったのに、まことに申訳ございません」

と謝まったそうだ。

私は旅なれた人のようだと云われて悪い気持がしなかった。しかも、鮎釣は垢石師匠から、お前は見込があるぞとおだてられ、自分も半ばその気になっていた。それで鮎をねらって、釣竿と投網を持って南豆荘へ行った。ラグビーの選手も避暑客も引きあげていた。泊り客は私の他に一人か二人しかいなかった。

川には、橋の少し川上に瀬がつくってあった。そこに二十人ばかりの釣師が並んで釣っていた。私は初めの日、その仲間に入る自信がなかったので、川下のとろのところで投網を打って、鮎を一尾にウグヒを十尾あまり捕って宿に帰った。女主人は私の魚籃を受取ると、

「まあたくさん捕れましたこと。おや、大きなウグヒ。ほんとにお上手で御座いますこと」

と心から感じ入ったように讃めた。

ところが、私がお湯につかってひっそりしていると、板仕切の向うの調理場で、女主人が魚籃の魚を串にさしながら、独りごとを云っているのがよく聞えた。

「まあ、お前は可哀そうに、なんて馬鹿な魚なんでしょう。どうせ、へたくそな投網だもの。鮎は上手に網から抜けるのに、お前は間抜けだからこんな目に遭うのだよ。ウグヒの塩焼なんて、お前だって食べられるとは思わないだろうね」

この女主人が現在の南豆荘のおばあさんである。イとエの区別が出来ないのは以前も今も変りがないが、そそっかしいのは東北訛のためばかりではない。

いつか佐藤垢石が云っていた。温泉があって、昼は鮎釣が出来、夜は磯釣が出来、冬は山猟が出来るのは、日本じゅうに一箇所、ただ谷津があるだけだ。だから河津川筋には、漁が上手で同時に狩猟も上手な人がたくさんいる。鮎の友釣の技術も、この川筋か狩野川筋で発祥したらしいという説があるほどだ。伊豆の釣師は他の川に釣に行っていても一段すぐれ、よその釣師と見分けがつくと云われている。子供でも釣が上手である。数年前、鮎釣の上手な八王子の瀧井さんは狩野川へ初めて友釣に行き、土地の子供が友鮎を巧みに泳がせているのを見て、自分の技術を思うと恥かしくなって釣らずに帰ったことがあるそうだ。

狩野川筋では中島さんという人が鮎釣の名人だと云われ、河津川筋では川端与平さんという人が名人だとされている。私は佐藤垢石に、お前さんも相当な釣師だと云われているが、お前さんと中島さんでは、どんな風に違うのかと聞いたことがある。

「まアるで違う。中島さんの方が立派だ」と垢石が云った。

「中島さんの方が、技術が上なのか」と訊くと「技術も上だ」と云った。

「姿はどうだ」と訊くと「姿も中島さんが上だ」と云った。「心境は」と訊くと、「心境も中島さんは立派だ」と云った。

「どっちがたくさん釣るか」と訊くと、「中島さんは俺の二倍ぐらい釣る」と云った。垢石も中島さんには一もくも二もくも置いていたようであった。

トンビのピー公

今度、谷津では、鮎釣と狩猟が上手な時計屋さんに逢って猪狩の話を聞いた。やはり天城山系統の修善寺方面の猪狩と同じようなやりかたで「待つ場」というのを設け、猪を犬に追い出させて為留めるのだが、犬に追われる猪の逃げ場は猟師にはわかっているから、あらかじめそのまわりに間隔を置いて猟師を配置させている。これを待つ場と云う。勢子が犬を猪に仕掛けると、猪は待つ場の方に向って突進する。待つ場ではそれを引寄せられるだけ引寄せて撃つ。

同じ富士火山脈の系統でも、箱根方面では猪を勢子に追い出させ、昔の富士の裾野の巻狩の絵にあるような猟法をしているそうだ。いつか修善寺の猟師が、箱根と天城の猪猟の相違についてそう云っていた。甲州方面では猪の通り道に待伏せて、犬を猪の後脚に嚙みつかせ、猪が怒って犬を牙にかけようとぐるぐる廻っているところを撃つそうだ。しかし私は実際に見たのでないから正確なことはわからない。地形または猟師仲間の有無によって、自然とその猟法に相違が生じて来るわけだ。

谷津の時計屋さんの話では、このごろ大沢というところから南の山には猪がいなくなったそうである。四五年前に豚コレラで死んだ豚を山に埋めたので、それを猪が掘り出して食って、次から次に伝染して倒れたのだそうだ。

「猪は死豚を食います。たしかに食った筈でした」と時計屋さんが云った。

猪猟の一種にワナ仕掛で捕る方法がある。孟宗竹の太いのを二本、先の方を針金で結び合せ、根元の方を木に縛りつけてアーチのように立て、それを低く引張ったワイヤロープの先に、輪をつけて地面に伏せておく。猪がその輪を踏むと、脚を締められて逆さに吊しあげられる仕掛である。

「兎のワナのすっこくりと似て原始的でありますが、甚だ威力があって猟犬が吊されることが多いのです。猪の通る道は、猟師にはわかっていますから、人間が吊されることは滅多にありません」

時計屋さんがそう云った。

無論、これは危険な置筒と共に禁止されている。置筒の弾丸は、猪の腹に当るようにしてあるので、人間だと膝に弾丸が命中することになる。自分で置筒を仕掛けておいて、見廻りに行って自分で引っかかって倒れた人がある。四日たっても五日たっても山から帰って来ないので、探しに行くと膝に血どめをしたまま死んでいたそうだ。

現在の状況では、伊豆における猪の主なる猟場は、上河津村、城東《きとう》村、下河津村の一部、伊東市一碧湖の方面、上大見村の一部、上狩野村、仁科村で、天城連山の或る一部、またはそれに続く山々である。天城連山そのものは禁猟地区に入っているのだから、最近そこの猟の醍醐味を味わった猟師はいないわけである。戦前なら東京から偉い人が天城の御料林へ猟に来ていたので、そのとき雇われた猟師なら入って行くことが出来た。偉い人というのは軍人の閣下級の人のことである。

「僕なんか、兎のすっこくりぐらいしか出来ないでしょう。兎というやつは、首をしめられても前に進む一方の習性だから、ワナに縛られるんですね」

　私がそう云うと、

「いや、この村には、熊を撲り殺したおばあさんがいます。椎茸を集めに山へ行って、熊が出て来たから、はたいたら熊が死んだんです」

　と時計屋さんが云った。椎茸を栽培する榾木《ほたぎ》で撲り殺したのだそうだ。

　時計屋さんは最近ちょっと悩みがあるのだと云った。実は近所の魚屋で二羽のトンビの巣仔を飼っていたのが成長して、餌をやるのが手数だから一羽を放鳥した。ところが巣仔のうちから人手で育ったので、野放しにされても自分で餌をあさる労力をいとうようになっている。夕方になると山の方かどこかに飛んで行くらしいが、昼間は谷津の魚屋の附近に現われて、目につくものを攫《さら》って行く。

「そのトンビには名前があるでしょう。飼っていたのだから、何か愛称で呼んでいたのでしょう」と印南君が聞くと、

「ピー公と云っていました。ピーヒョロヒョロと鳴きますから」

　このトンビは、白い紙包み、または白い色のものが、餌と関係があると思っているらしい。とにかく白い色のものに目をつける。魚屋の近所の子供が、お袋の使いで砂

糖を買って出て来ると、舞い降りて来て白い砂糖袋を破った。砂糖が道にこぼれてしまった。近所の娘がイカの生干しをするために、腹を開いたイカを縄に掛け並べていると、隙をねらって攫って行った。その娘の姐さんかぶりの手拭まで攫って行った。魚屋の近所の家で蒲団を干していると、ほころびている穴から綿をつまみ出してしまう。魚屋の近所の人は大変な迷惑である。磯浜も近いし川も近いので、天然の餌を捜せば幾らでも見つかりそうな筈なのに、その振舞は人を食っている。人間のうちでも、誰かがそうしているような気がするが、それが誰だかわからないと近所の人が云っている。とにかく魚屋としては近所の人に申訳ないと云って、一と思いにトンビを撃ち殺してくれと時計屋さんに頼んだ。

「それがどうも、せっかく魚屋さんの頼みでも私には撃てません。猪や鹿なら、頼まれなくても撃ちますが、ピー公という歴乎《れっき》とした名前のついてる生物ですから撃てません」と時計屋が云った。

トンビを駆逐するには他に幾らでも方法があるだろう。猪猟の名人の時計屋さんの手を煩わすまでのこともない。魚屋さんとしては、無意識ながらトンビを死なせたくない気持があるのではないだろうか。時計屋さんの悩みの種は、トンビを撃ちそこねて物笑いになるかどうかというようなことではなくて、撃ったら寝ざめが悪いかどうかということにある。

川に食らいつけ

私は南豆荘の若主人に頼んで「谷津、文化の家」という私設図書館から、谷津に関する書物を借出してもらった。この私設図書館の創設者は、眼科医の権威で現在この土地に隠棲して眼病の人に恩恵を施している石原博士である。目の悪い人が九州からも北海道からも治療を受けに集まるので、ここの或る一軒の旅館は眼病人を収容する病棟の観がある。土地の人は石原博士に絶大な敬意を表し、南豆荘のおばあさんのごときは、「石原先生は神様のようで御座います」と云っている。晩節を全うする人の、生きた見本がここにあるのだそうだ。数年前の話では、石原博士の治療費は一人につき均等に三十円であった。今では五十円ぐらいになっているかもしれぬ。

借出してもらった書物のうちに、大田蜀山人の「豆州村々様子大概書」と名づける一冊があった。

「此村方（谷津）は猟作五分々々之渡世《のとせい》に有之《これあり》、薪抔《まきなど》も伐出、江戸表抔へも送候事。（中略）魚猟は鯣《するめ》、冬夏の稼とす。鯛、はた、抔《などに》候由。海老網あり」

江戸時代からこの地は開発され、海のもの山のもの畑のものに恵まれていたのだろう。蜀山人は谷津の金山のことには触れていない。

谷津の「猟作」の詳細は知らないが、私が谷津に着いた日には、浜の大謀網で四千貫のイカがとれ、その四日前には一万二千尾の大型のブリがとれた。出荷は何かの都合で東京の市場へは間にあわないので、トラックで大阪へ新鮮なうちに送り出したそうだ。

ところが、その網元の船長は大漁であったにもかかわらず、高い値段で少しだけ土地の魚屋へ売ったので魚屋の組合からねじこまれた。このいざこざの手打式が南豆荘の新館の広間で行われ、船長と魚屋さん十二人が愉快そうに酒を飲んでいた。

「今晩、船長さんはここへお泊りになって、明日の朝五時に網をあげにお出かけです。四時半ごろ起してあげなくてはいけません」

女中はそう云っていたが、翌日、朝飯のとき、

「船長さんはどうした。今日は何がとれるだろう。もう網をあげに行ったかね」と印

南君が訊くと、

「船長さんは、まだおやすみになっています。起したのですが、眠いんだそうです」

と云った。

私は網をあげるところを見に行きたいと思っていた。それで昼御飯のとき「船長さんはどうした」と女中に訊くと、「まだおやすみになっています」と云った。

谷津の人は矢張り呑気者だという印象を受けた。怠け者の多いところかもわからない。土地がらというものは人の日常を左右する。去年の夏、私は印南君と一緒に岡山県に出かけたが、邑久平野の川やクリーク、備前の海岸地帯のクリークなど、絶好の釣場と思われるのに、快晴無風の日でありながら、釣をしている者を見かけなかった。釣なんかするのは、ばかばかしい気がするのだろう。子供さへも釣をしていなかった。ただ例外として、穂波というところの近くのクリークで、四十前後の男がハゼ釣をしていたので、

「初めて岡山県で釣をしている人を見ました」と云うと、道案内してくれていた穂波の陶工が云った。

「あそこで釣っている人は、再婚した人なんです。一昨日、結婚式をあげました」

そう云われて見ると、なるほど釣をしている男の後の堤に一人の女がしゃがんでいた。新婚旅行の代りに釣をしていたのでもないだろう。家に引籠っているよりも釣に出ている方が世間体がいいのだろう。

これが谷津だと、夏は釣師で川がにぎやかになる。秋は瀬づきの鮎釣で、瀬のところに釣師が列をつくる。それを橋の上から見物している人がある。カワセミのおッさんという仇名の老人も、橋の上からよく見物している人の一人であった。

「おッさん、見物ばかりして今日は釣らないのか」と、或るとき私が訊くと、

「今日は稲刈をしなくちゃいけねえ。俺のところの田は、早稲を植えてるのが一枚ある」と云った。

暫くして、私が橋のところへ出てみると、まだ同じところに立っている。

「おッさん、釣らないのか」と訊くと、

「今日は何しろ、稲刈をしなくちゃいけねえ。しかし、今日はみんなよく上げるね」

と云った。

それからまた暫くして、私が橋のところへ出てみると、まだ橋の欄干に凭れている。

「おッさん、今日は稲刈をするんじゃないのかね」と訊くと、

「去年の秋、俺は鎌を飲屋へ忘れて来たから、貰って来なくちゃいけねえ。しかし、行ったら飲んじまうだろうよ」と云った。

このおッさんは酒好きの老人である。以前、私はこの人からよく囮の鮎を分けてもらっていた。当時、囮の鮎の相場を私は知らなかったが、カワセミのおッさんは一尾につき十銭しか受取らなかった。それで十銭銀貨を一つ渡すと、「俺の竿、ちょっと持っていてくれ」と私に釣竿を渡して川を出て、私がその竿で釣っていると引返して来る。酒くさかった。囮の代金十銭で焼酎を飲んで来るのがおきまりであった。

いつかこの釣師は、私の釣っている恰好を見て、「お前さん、もそっと川に食らいつかなくっちゃいけねえ」と注意してくれた。佐藤垢石の云った「山川草木に解けこまなくっちゃいけねえ」という説と一致するようだ。いい釣師だが、釣のとき以外には、私はこの人から大変な怠け者だという印象を受け通しであった。

ここで天城連峯について書きとめなくてはいけないが、私の読んだ参考書のうち、とりわけ心をひかれたのは南伊豆の俚謡であった。そのうちの一つに「麦搗歌《むぎつきうた》」がある。

「婿殿の、御座る道へ、椿を植ゑて、そだてて、日が照れば、涼み処、雨が降れば、雨宿り、面白や、向ひ寝で、行燈つけて、夜麦つく。臼、八つから、杵が十六、搗いたる麦が、八石。おいとしや。とんとんと、おつる杵は、おかたの杵か。おいとしや。娘なら、かはるべきもの、深山おろしのあら杵」

こんな風な歌が、あるいは天城山の北側にも（書物の上だけでも）残ってはいないかと思ったので、原保の萩原正明さんに手紙で問い合せた。その返事に、天城山の北側には麦搗歌は無いが、田植歌ならあると云ってあった。

「ならせ、ならせ。田ならせ、肥ならせ。ならさぬ肥は、無駄肥だ」

まだ風化していないような田植歌である。

近江路

ヤドヤとヤトナヤ

大津から琵琶湖の西岸沿いの道を行って余呉湖《よごのうみ》まで——すなわち西近江路《おうみ》を行くつもりのところ、逢坂山《おうさか》を越えなくては感じが出ないだろうと慾を出し、また京都の大文字家という宿に泊っている友人に逢う必要があったので、京都を振出しにすることにきめた。例によって印南君と一緒だが、私は一とあし先に出発して四月一日の朝早く京都に着いた。

駅前から車に乗って、運転手に「木屋町の大文字家に行ってくれ」と云うと、「その家は何を商売する店でしやろ」と云った。「宿屋さんだ。運転手さんは京都の生れではないのかね」と聞くと、「私は京都の生れどす。外泊せえへんから、そんな家なんか知りまへん」と云った。丸帽を阿弥陀にかぶり、もみあげを長くした運転手で、車の窓に優良証をつけていた。年は三十四五歳、名札を見ると「六の五、二二四三八、沼波四郎」と書いてある。

木屋町は高瀬川と並行につづいている。高瀬川には浅く水が流れていて、意識的にそうしたかと思われるほどたくさん蜜柑の皮が投げ込まれている。運転手はその溝川のほとりに車を停め、「ちょっと聞いて来ます」と云って、「一ノ井」という家の格子戸のなかにはいった。その土間に、勢いのいい葉の棕櫚竹の鉢植が見えた。

間もなく引返して来た運転手は云った。

「木屋町には、大文字家という家あらしまへん。それは分店どすやろか。そんなヤトナ屋は無いそうどす」

「ヤトナ屋じゃない、ヤド屋だよ。僕は入歯を修繕中だから、発音には自信がないんだ。しかし、云い間違いか聞き違いか、これは論争しないことにしたいね」

「それでは、もう一ぺん聞いてみますわ」

今度は「台湾」というカフエの前で聞いて来て、

「木屋町じゃおへん、南三条どすわ」

と云って車を動かして行った。もう九時ちかくなっていたが、夜ふかしする盛り場つづきのせいか、まだ雨戸をしめている店が可なりあった。運転手は大きな新本屋の前で車を停め、その店の人から、「そこの隣の家どす」と教えられると、口惜しそうに、

「なんだ、ちっこい家やな」と云った。

「入口は小さいが、なかは大きな家かもしれないぞ」

こちらはそう云い残して、そこの石だたみの通路にはいった。友人はまだ寝ていたが私はほっとした。

テープ・レコーダーの御詠歌

その翌日、東京から印南君がやって来て、その次の日の朝、連れだって粟田口から大津に向った。街道は、ほぼ大津行電車の路線と並行に通じ、山科をすぎて追分あたりからの沿道に、紅殻ぬりの千本格子をはめた古めかしい家が見えて来た。旧街道の残欠も見える。昔、このあたりで何代にもわたって追分絵（大津絵）を売っていた店があったという。後が途絶えて、最近また新規に、絵師が三井寺の門前町で昔風の筆致の大津絵を売っているそうだ。

逢坂山を越えたとて、感じが出るも出ないもない。関址も、どこにあるかわからないまま大津に出て、県庁の観光課を訪ねると、西川さんという役人が近江の観光地図や参考書をくれ、せっかくだから役所の車で案内してやろうというのでそれに従った。

「大津は、よく御存じなんでしょう」

西川さんが云うので、

「三十年あまり前に、一度、ちょっと来て三井寺を見て帰りました。三十四年前か三十五年前でした」

と答えると、西川さんはがっかりしたように「おやおや、それはどうも……」と云った。

さっそく案内してもらった。県庁の前には大きな洋館が建っている。化織工場や電気器具の製造工場がそこかしこに出来ていて、工場町の観を呈している。三十何年前のことはよく覚えないが、この町からどこかの町へ行く電車が、草の生えた線路みちを走っていたのを覚えている。単線の停車場だがボックスもないし駅員もいないので、運転手か車掌か電車を飛び降りて転轍機を上げ下げしてから発車させていた。

そんな素朴な光景は今では見られない。瀬田川に沿うて石山寺へ行く街道には、観光バスや自動車が盛んに往来して、瀬田川にはお客を満載した可愛らしい遊覧船が走っている。石山寺の門前には土産物屋が軒を並べ、駐車料を取る広場に降りた団体客が、バスガールの案内で仁王門をくぐって行く。それを運慶湛慶作の大きな仁王様が、両脇から睨んでいるといった恰好である。

石山寺の参拝料金は一人二十円である。門をくぐって、推定樹齢四百年ほどのツツジの植込に沿うて行くと、朗々とお経を誦む声が聞えて来た。

「さすが、良弁僧正の創建した寺だけのことはある。読経の声も、全山に限なく行きわたっている。よほど鍛え上げた坊主の声に違いない」

そう思いながら急な石段を登って行くと、

「おや、あのお経は、拡声器の声だね。録音テープを鳴らしているんだ」

誰かそう云った。道理で、よく響きわたる声である。

この寺は天平の昔、東大寺の良弁僧正が創建したと云われている。本堂は藤原時代の再建で、紫式部が源氏物語を執筆するため祈願をこめたという源氏の間がここにある。和泉式部や赤染衛門など、藤原時代の閨秀歌人もここに参籠したと云われている。当時、琵琶湖畔の西南部は京洛貴族の別荘地であったと思われるので、式部と名のつく貴婦人がこの寺に泊りがけで来たとしても別に不思議はない。落胤なんかもここには多くいた筈だ。少し時代が下って、保元平治の乱のときの落人たちがこの寺に逃げこんで、和尚さんの袖にすがろうとしたと云い伝えられている。昔の大寺の坊さんの威光というものは、今日の我々には想像もつきかねる。

　本堂には広々とした廓が附いている。その一端から峡を見おろすと、真下の木立のなかから冷気を含んだ風が吹きあげて来る。

「この本堂は、近く改修することになっているそうです。拝観料を取るのはそのためですが、お布施本位のときと比較して、二対三の収益になっているようです。お布施は減っても、全体的には率が上っているわけです」

　と西川さんが説明した。

　お燈明料は、蠟燭が一本十円で、燈明のお守をする老人が微かに鉦を叩きながら、「御利益のあるお燈明はいかがです。蠟燭はいかがです」という意味のことを呟いていた。鉦の音を聞いているとお燈明を上げたくなって来る。

　録音テープで鳴らすお経の声が朗々と聞え、廓の出口のところに、輪袈裟をかけた人が、おみくじか何か売っていた。

「ちょっとお伺いします。いま聞えるお経は、何という題名のお経でございますか」

　私がその人にたずねると、

「あれは御詠歌ですが」

と半ば驚いたように云った。

この山内で、建造物のある場所は岩山の上だから歩きにくかった。もともと遊覧向きの意図で建てられたものではないだろうが、立札による説明がよく行き届き、白っぽい大きな岩には「天然記念物、硅灰石」と立札をして、石の質について説明がしてあった。鐘楼には「国宝」の立札と共に「この鐘楼の鐘を撞いて功徳にあずかる気はないか。但、撞く料金は各人の心まかせで宜しい」という意味の札がある。戦後、すべて大きな神社仏閣に対する政府の補助が無くなったので、大所帯を抱えているところでは止むを得ぬ成行きだろう。まさか遊覧客も、こんなことで名所旧跡を侮るような心情を培われることもない筈だ。

三井寺の佳人達

大津へ引返し、県庁前の会館食堂で昼飯を食べる。五階の食堂だから見晴しがいい。すぐそこの正面に琵琶湖がある。向うの左手に堅田の出っぱりが見え、その左手の山のうしろに、雪をかぶった比良の山が見える。四月三日だというのに真白い。ときどき雲を呼んで峯が隠れるが、煙草を一ぷく喫う間に姿を見せて来る。この山が絶えず気流を変化させていることがよくわかる。

食堂のテレビは高校野球の試合を映していた。山にさまたげられてぼんやり映っているのだが、県内の近江八幡の商業高校選手が出場しているということで、食堂の客がみんなテレビ見物に熱を入れていた。そのなかに大毎の大津支局長もいた。

西川さんの話では、八幡商業は今までに一度も勝ったことがなかったそうだ。それが今度、一回戦に初めて勝ったので市民が大喜びで、夜の七時半から五百人の人数を繰出して、「八商健児」という歌を奏するブラスバンドを先頭に一時間にわたって提燈行列をした。八商後援会も、まさか勝つとは予想していなかったので大いに周章《あわ》て、第二回戦の応援対策として、貸切バスで三千人の応援団を甲子園に送りこんだ。ほかにも滋賀県人が三千人ばかり応援に行っている見込である。

「今日は、八幡市長も応援に出かけているそうです。大変に熱心な市長ですが、この人は野球のことは何にもわかりません。ルールも何も知りません。ただ熱心です」

と西川さんが云った。

私たちは四回目の裏までテレビを見ると食堂を出て、三井寺の下あたりから近江神宮につづく道に出た。途中、街なかに、BAR KISS ME, BEER STAND などという看板を出している店があった。外人兵の来る店である。その区域に続いて、診療所のヵードを持つ女の下宿している長屋が並んでいる。そこから山麓の往還に出ると、外人の名前と日本の女の名前をローマ字で書いた表札をかけた新築家屋が飛び飛びに右手に建っている。その左手の山つづきの高みに、新築の外人将校の邸宅が並んでいる。石垣の代りにゆるやかな勾配を持った芝生の崖を築き、庭にも一面に芝を植えて、一つ一つが小ざっぱりとした新式の屋敷になっている。それが三井寺の下のあたりから、志賀の宮を記念する近江神宮あたりまで広く続いている。

「この町にいるカード持ちの登録者は、たいてい仙台から兵隊について来た女です。山形、秋田の女が多いので、地味ですから、パンパンもパンパン宿も、この町のは、けばけばしくないのが特徴です。奈良なんかとは違います」

と運転手が云った。

以前、この運転手は一斉取締りのとき、五十人の女を一度につかまえてトラックに乗せたことがあると云った。現在の登録者は百三十人内外で、兵隊が可なり故国へ引きあげたので女も以前よりずっと減っているそうだ。運転手は彼女たちの収入について、最高の者は幾ら、最低のものは幾ら、以前と現在の相違について詳しく話した。私はその数字を忘れたのでここに書くことが出来ぬ。

高島しぐれと虹

志賀の宮の址は、どの辺になるのか私にはわからなかった。三十何年前、私が三井寺で聞かされた坊さんの説明では、農家が三軒か四軒ある部落だということで、坊さんはその部落を指差して見せた。しかし今度の旅行で、それがどうも頼りない話だと思うようになった。

参考書を見ると、志賀の宮の址は竹藪になっていると云ってある。もう一つの参考書には、内裏の址はお寺になっていると云ってある。また、西川さんから貰った参考書には、天智天皇が大津に都を遷したのは、天皇が大化の改新を断行し、諸制度の改革と共に人心の一新を期した故であったと云ってある。西川さんから貰ったもう一つの参考書には、天智天皇が大津に都を遷したのは、唐の国と戦うために遠征さした日本軍が朝鮮で全滅した結果、唐軍の来寇を警戒するためと、帰化人の勢力を避けるためであったと書いてある。私は三十何年前の三井寺の坊さんの説明を信じないと同様に、ここでは参考書にある史談も信用しないことにする。

近江神宮から少し北に行くと、右手に見える湖水に、真珠を採るダブ貝を養殖しているところがあった。左手には杉の茂った山が見える。普通の杉山と違って、峯に近づくにつれて木が深く茂っている。

「あれが比叡山です。こちら側からもケーブルカーで登れます。てっぺんの森のうしろに見える家は、登山した連中のお籠りするお堂です。それから、この正面に当って雄琴《おごと》温泉があります」

と西川さんが云った。

雄琴温泉というのは、開発されてからまだ大して年月がたっていないというが、小山の上から麓にかけて温泉宿が並んでいる。湖水のほとりまでせり出している旅館もある。ここの名物は鴨料理で、これは雪に降りこめられて湖水を見ながら女の子と共に食べるのがいいそうだ。

西川さんの話では、雄琴温泉では旅館組合の者が宣伝のために、鴨を京都、大阪に持って行ったそうだ。何十羽となく金網の籠に入れトラックで持って行き、その鴨にネギを背負わせて放鳥した。それを摑まえた人に進呈するわけだが、ネギが重いと飛ばないし、軽いと空に飛び去るので、適当に低く飛ぶように、前もってネギの重さと鴨の飛ぶ力を比較研究しておいた。

この宣伝ぶりは大阪人の好みに適し、大勢の人が鴨を摑まえに集まって来た。ところが京都の人は一人として見向きもしない。仕様がないから、神戸へ持って行って宣伝したそうだ。

雄琴から堅田の浮御堂《うきみどう》まですぐである。堅田は昔の堅田湖賊の本拠だと聞いたので行ってみた。湖水につづくクリークで仕切られている地域だが、帆船を曳き入れるほどの広さのクリークとは思われない。びっしりと漁師屋が建てこんでいる。浮御堂は、昔の天皇様の能舞台を移したものであるが、大正九年の大風で吹きとばされて現在のものはコンクリート造りになっている。湖の水位が下っているから干あがって、丈の高いコンクリートの柱がいきなり泥土の上に立っている。そのわきの虚子の句碑も、もとは水に沈んでいたと思われる台石と共に、同じような姿になっている。碑の石は細長い。「湖もこの辺にして鳥渡る　虚子」と刻まれている。

対岸にあたって、向うに見える高い山が雪をかぶっている。鈴鹿山だと西川さんが云った。浮御堂の廻廊づたいに裏手にまわってみると、二人の女がお燈明をあげ、本尊仏に向って一心不乱にお祈りをあげていた。ここでも蠟燭は一本十円と書いてある。

観光地図で見ると、堅田の次に蓄山文庫、次は近江舞子といわれる松原、ヤマモモの滝、厳島のように華表《とりい》が水のなかにある白鬚神社、次が近藤重蔵の墓という順序だが、私たちは素通りした。近江舞子の松原が見えだしたとき、薄日が射しているのに小雨が降って来た。「高島しぐれ」と云って、この辺ではいつでもこんな雨が降るそうだ。

「虹が出ています」

と印南君が云った。

白っぽい大きな虹が、竹生島の方角に、低く湖面すれすれのところに見えた。私は火野葦平の紀行文「風化地帯」を思い出した。葦平さんが印南君と一緒に津軽へ行ったときの旅行記である。日本海側の十三湖のほとりで、印南君が「虹が出ていますよ」と云う。その虹は周囲の灰色の景色と対照的に鮮明な七色で、それが十三湖の水に逆さに映っていて美しかったと書いてある。

印南君は私にも湖畔で虹を教えた。しかし私に教えた虹は薄ぼんやりとして、左側の方は岬にかくれ、右側の方は湖水のなかに沈んでいた。

松原が見える間じゅう、高島しぐれが降っていた。ここの松原には、夏になると若い男女がキャンピングにやって来て、何十隻もの貸ヨットがみんな出払ってしまうほどの盛況だそうである。ことに去年の夏は、石原慎太郎の「太陽の季節」にあるヨットと同じ番号のものは、奪いあいのまとになったということだ。

近江聖人と近江商人

このあたりから、斜め左手に雪をかぶった若狭の山が見えて来る。すぐ左手に、比良の山が続いている。すなわち私は、ヤマメとイハナの宝庫といわれる川を持った山の麓を辿っているわけであった。私の釣友で京都の加藤細石という若い釣人は、私が西近江路に行くに先だって、比良の釣場について詳報を寄せてくれた。しかし私は釣を実行できないので、同好者の参考のため細石君の手紙文を抜書きするだけに留めておく。

「――地図で示すごとく、途中《とっちゅう》といふところの谷では、ハルコ（西近江路、または山城では、ヤマメの一年魚をハルコ、二年以上をアマゴと云ひますが）は七寸もあり、田圃の畦道からでも釣れます。去年、在所の人達がそれに気がついて大いに釣りましたが、去年はスレで釣れたほどですから、今年も一時間に三つや四つは保証いたします。道も近く、自動車もバスも入ります。ちよつとその谷へ御案内したいと思ひます。

――比良の東側、即ち湖水に面した谷は、いはゆる比良の青ガレ（青い花崗岩の谷）で、青ガレ場が多くて砂谷で魚など住めるところではありません。ヤマモモの滝、ジンギの滝には小さなイハナがゐることもありますが、それらの谷も湖に近くなると、水も砂の下へもぐつて全く死の谷です。

イハナ、ヤマメの宝庫は、安曇《あど》川上流に当る比良山中、即ち湖水と反対側の谷々です。そのうちの明王谷《みょうごだに》は、奥の深谷、口の深谷、白滝谷を集めた大谷で、一里ほどの間に三千尺を下ります。十九の滝と云はれるあたりは凄いです。

三の滝などは稲妻型に曲り、その滝壺は青黒く、私は釣友と二人で奥の深谷へ行く途中、滝壺の上からのぞいたときにケツの穴がしぼみ、しばらく山道を歩いても得意の野屎が出ませんでした。三の滝から上は、イハナだけでアマゴは住みません。奥の深谷は、三年前までは一日に五十から百も釣れ、尺以上のが五つや六つ上りました。今では十も釣れば上等です。しかし口の谷は険しくてもまだ釣れるので、僕らの三人組の一人、隅野氏はよく出かけて五十は釣つて帰ります。

――その他、比良の西側の谷々には、ちよつと釣師の遠のいた谷や谷口では、イネ(田へ取入れる小さい用水)へ水を取られ、水のない谷でも、上流へ行くと水量があり、驚くほどイハナが釣れることもあるのです。

――横谷は良い谷で、僕の大いに気に入りの谷です。険しくなく、大石あり、大きな池のやうな壺がございます。でも先日は三人組の一人の益本先生は駄目だつたさうでした。その代りに、その向うの谷では入れ食ひだつたといふことです。横谷では、僕は一昨年の夏の朝、アマゴを二時間に二十ほど釣りました。今度の釣に同行をお許し願へれば幸甚です……」

さて、比良山のことはこれでおしまいにして――安曇の町で大字小川というところの藤樹書院を訪ねた。一見、その建物は私に縁故の深い或る建物を思い出させた。敷地のまわりに垣根も何の囲いもなく、細い溝川によって往還との仕切をつけてあるだけで、がたびしの戸の便所が往還に向けてついている。溝のふちの、たった一本の木に藤の蔓がからまっている。屋根は瓦だが、藁葺なら幾らか恰好がつくかもわからない。いくら、ひいき目に見ても殺風景で、どこからどこまでも私の郷里の村役場の外見にそっくりである。立札を見ると、以前の書院が焼けたので明治年間に再建したと書いてある。流布本の古図写真版によると、昔は横に長い講堂であった趣である。

藤樹先生に関する逸話や伝説は、私も幼いころ「浦島太郎」の御伽噺や「九郎判官義経」の昔噺などと共によく聞かされた。だから近江聖人という名前は、浦島太郎や源義経などと同じように私には親しみが深い。近江聖人がいたために、近江の国には盗人が一人もいなくなったという話のごとき、私は大いに感激したものであった。

江戸時代の江州は小藩に区分され、百姓は痛いこと年貢を絞り取られていたから、他国へ稼ぎに出るものが多かった。これが近江商人として羽ぶりをきかして来た。こんな国に盗人が一人もなかったというのは眉唾だが、あるいは近江商人は他国へ出て藤樹先生の噂をしながらそんなお国自慢をしていたかもわからない。近江聖人のファンは当時は全国に多かったことだろう。だから近江商人は、他国へ出て商取引する場合、郷国の聖人のことを吹聴して取引を有利にする道具に使ったかもわからない。近江聖人、近江聖人と、いやに聖人を持ち出す行商がいたかもわからない。すると、そんな噂をされる当人の近江聖人は、どんな気持がしていたことだろう。

生前の藤樹先生は、聖人と云われるのを嫌やがっていたという。聖人というものについて藤樹先生の定義は実に厳しかった。迷いも多かった人である。理念の上でも程朱子の学から陽明の学に転向して、迷うところが少くなかったと云われている。しかし、いま私はそんなことには関心を持たないことにして、昔の人と同じく大衆的な近江聖人という名前に対して親しみを感じていたい。

この藤樹書院のすぐ隣に、ずいぶん昔から代々にわたって筆を製造している家がある。当主は十四世に当る。私は西川さんを誘ってその筆屋さんのうちへ筆を買いに行った。

「巻紙に書く筆を下さい。手紙に書く筆です」

そう云うと、白い穂の筆やセピア色の穂の筆をいろいろ出して見せた。写経用の唐時代の形式の筆も出して見せた。

「原料が高くなりまして、これは中国のイタチの毛ですが、三万円もします」

と云って、褐色の穂の筆を見せた。原料の毛が、百匁が三万円なのか一貫目が三万円なのか聞きもらした。タヌキの毛ではなくて、中国のイタチの毛だと云った。私は細い筆を三本か四本か買って来た。筆をつくる現場を見たのはこれが初めてであった。

すぐ釣れる鮎

安曇から湖北の海津大崎まで行く途中、今津というところは小鮎の本場だが素通りした。稚魚を獲るにはまだ季節が早く、四手網を仕掛けるための小屋掛もまだ出来ていなかった。

放流する鮎の稚魚を「鮎苗《あゆなえ》」と云う。毎年、各地方から鮎苗の注文が入るので、県の水産課で割当てて送るのだが、その前に集荷した鮎苗は海津の知内《ちない》のプールに二三日ほど放っておく。それを湖北のビワ村の山本へ集荷して水槽に入れ、三四人の者がそばにつききりで水の中に酸素瓦斯を注入する。そうして特別急行列車で送る運びになる。

「去年は、各地方へ送った鮎苗の代金が、合計四億円でした。標準価格、千二百円です」と西川さんが云うので、

「百目が千二百円ですか」と聞くと、

「それは百目ですか一貫目ですか、ともかく――いや一貫目です。みんな生きた鮎です」と云った。

つまり琵琶湖の鮎苗は、水槽に入れられたり汽車で運ばれたりして、鮎としては辛酸をなめた末に放流されるわけだ。だから天然の鮎よりも擦れつからしになっている筈でありながら、友釣でも毛鉤釣でも、天然鮎より素直に釣られるのはどういうわけだろう。

「琵琶湖から来た鮎は、解禁後一週間目ぐらいには、みんな釣られてしまいます。まさか小学校の転校生のように、ぼやんとしてしまうわけでもないでしょう。いずれにしても頼りない鮎ですね」

私がそう云うと、琵琶湖に肩を持つ西川さんは少し苦い顔をして返辞をしなかった。実は、らくらくと釣られてくれる鮎の方がいいのは云うまでもない。

いつか釣師の佐藤垢石が云っていた。琵琶湖で生れた鮎は、川に遡上しないものは二年でも三年でも稚魚のままの寸法を保っている。これが琵琶湖にそそぐ川に上って行くと大きく育ち、秋になって川を下ると琵琶湖を素通りして瀬田川を下り、宇治川を下って淀川の下流で産卵して一生を終る。垢石がそう云ったことがあったので、西川さんにその話をすると、「さあ、それはどんなものでしょう」と云った。

今津は西近江路と若狭街道のぶつかっている場所で、このあたりには若狭から持って来たかと思われるような外見の農家がある。気温も大津にくらべて少し低い。北陸のように信心ぶかいところかもしれぬ。人家のかたまっているところには、多すぎるほどの数でお寺が目につくのが特徴だ。今津に限らず、いったいに西近江路には家数に比較してお寺の数が多く、しかも由々しき構えの寺が見かけられる。

私が近江路で見た寺のうち、眺望はいいが、構えが一ばん貧弱だと思ったのは海津大崎の岩山の上にあるお寺であった。古ぼけた御堂と、ランプを天井からぶら下げている庫裡だけで、しかしお婆さんが一人いたから無住とは云われない。これは賤ヶ岳の合戦がすんだ直後、羽柴秀吉が安土城の焼け残りの古材木か何かで建てさした寺だという。急な坂をのぼって行くのだから息がきれ、しかも御堂のわきの五輪の塔は姿がいいから印象的であった。崖のはなの手洗鉢に、去年の山楓の葉が沈んでいた。

この寺の近くに、岩山をくりぬいたトンネルがあって、余呉湖の方に向けて西近江路が通じている。その先にまたトンネルがある。このあたりは、竹生島がすぐ近くに見え、湖畔における絶景の箇所ということになっている。

しかし、そこから先は雪どけの道をトラックがこねまわし、でこぼこにしてしまったので、バスも自動車も通らないというので引返すことにした。

鮨にあらざる鮨

今度は廻れ右だから比良の山が絶えず右手に見え、いわゆる比良の暮雪を見ながら引返して雄琴の芳月楼といううちに投宿した。湖畔にせり出している宿である。

夕食の膳に鮒ずしがついていた。非常にくさい食べものである。この食べものについては、今までに私もいろいろの臆説を聞いている。西川さんに貰った刷物にはこう云ってある。

「鮒ずし——世に〝近江のくさりずし〟と云はれる湖国独得のもの。起源は古く延喜式に見られるといふ。天正年間、長浜の城下民が、九州名護屋に滞陣中の秀吉へ陣中見舞として送つたとも伝へられる。製法は、琵琶湖特産の源五郎鮒を塩漬し、数箇月後、江州白米を飯煮したものに漬けて密封し、約六箇月後食する。又、大衆向には酒粕に再び漬けて加工したものもある。非常に栄養に富み、吸物、茶漬、刺身にして、酒の友ともなる」

これは西川さんのところで出している刷物だから、西川さんの説と見ていいわけだ。

「このお膳についてるやつは、つまり大衆むきの漬けかたをしたやつです。召上れたら召上ってごらんなさい」

西川さんが云うので箸をつけてみると、しこしこするが食べにくくはなかった。

鮒ずしは「鮨」だと思うから誤解が生ずるのだそうだ。もともと鮨ではなくて漬物である。漬物のおしんこが外国人にはくさくてたまらないのと同じように、鮒ずしは別種のくさみで一般人にはくさくてたまらない。漬物だとわかれば幾らくさくっても箸がつけられる。漬物はくさいほどうまいと云う人もある。西川さんはそう云うが、嗅覚の向け工合は理窟通りに行くものかどうか。

「大津駅で鮒ずしを買った乗客が、包みをあけてみて、くさってると云って瀬田川の鉄橋から棄てました。これは実話です。鮨だと思うからいけないんです」

西川さんの話によると、江州の特色のある食物はまだ一般に知られていない。近江肉も江州米も、むしろ今では一般から忘れられて行くようになって来た。せんだっても大津の駅で二人の大学生が弁当を買って、売店の女の子から「これは江州米を使った弁当でございます」と教えられ、やがて車中で食べはじめると、「外米にしちゃあ割合にうまいね」と話しあっていたそうだ。

「江州米を濠洲米と思ったんでしょう。それが二人とも東京の大学生です。江州という言葉さえ知らないんですから、ほんとに嫌んなってしまいます。私は県の観光係長として残念に思います」と西川さんが云った。

私は可なり疲れていた。酒を飲みながら鮒ずしも上の空で食べ、御飯も半ば眠り心地で食べた。お湯にはいるのも億劫なような気がしたが、西川さんが大津に帰ってから私は印南君と遅くまで将棋をした。

翌朝、蜆汁が美味しかった。蜆の貝殻が丸っこくて肉が厚いので、この辺の蜆かと女中に聞くと、これは竹生島の方で獲れたもので、この辺で獲れるのは小さいと云った。

琵琶湖の蜆では、瀬田川蜆というのを私は名前だけ聞いていた。瀬田川蜆、またはベッカフ蜆と云って、ちょっとベッカフ色に似た綺麗な色艶で味もいいそうだ。いつか阿部真之助さんに聞いたが、瀬田川で水にもぐって砂を掬いあげると、砂よりも蜆の方が二倍ぐらい多いということであった。「あそこで水浴びしてる子に二銭やってみろ。たちまち三升か四升、蜆を獲ってくれる」と阿部さんが云った。話半分にしても、川の様相と云い水量と云い、瀬田川というものの豊かさが髣髴とするような気持がした。

西川さんにその話をすると、

「阿部さんらしい表現ですね」

と一笑に附し、瀬田川では瀬田蜆を盛んに養殖しているのだと云った。慶長年間の頃から膳所城主の庇護によって養殖していたそうである。

ここの宿の庭は、湖の入江を庭池として取入れている。その入江をカイツブリが泳いでいた。「いつもあの鳥は一日じゅう、ああしています」と女中が云った。

庭の端っこのところに、湖水の岸とすれすれに、鴨を入れた金網の鳥小屋がある。庭つくりの植木屋がその傍を通るたびに鴨があばれまわる。真鴨ばかり、十羽ぐらいの数である。

「あの鳥小屋に鴨を入れて、トラックに乗せて大阪へ持って行ったんでしょうね。トラックと一ぱい一ぱいの大きさですね」

と印南君が云った。

たぶんそれに違いない。

ここでは「流しもち」という方法で鴨を獲るそうだ。藤づるに鳥もちをつけて浮子をつけて夜中の三時ごろ船から流す。鳥もちに引っかかったやつを夜があけてから捉えに行く。藤づるは百間以上もの長さにつなぎ合し、糸まきする工合にぐるぐるに巻き、そんなのを十も二十も用意する。琵琶湖は広いから仕掛が大仕掛である。ここでは魚を獲る仕掛も大がかりで、魞《えり》と云って壺網の漁法を取入れている仕掛も、大きいのになると材料の竹だけでも合計何千貫というほどに及んでいる。川魚漁の定置漁法装置のうち、今まで私の見た一ばん大仕掛なものが魞で、一ばん小さいのがビンドンである。私の幼いときの経験からすると、ビンドンで魚を獲るのは楽しいが、魞を仕掛ける漁師は風にいつもおびやかされて、ちっとやそっとの苦労ではないそうだ。

飛諾洛薩先生

さて、再び西川さんの案内で宿を出発、フェノロサの墓を見るために大津の法明院を訪ねた。この寺は三井寺の塔頭《たっちゅう》だが、本山よりまだ高みの、まだ見晴しのいいところにある。沢づたいに坂道をのぼって行くと、米軍将校の住宅地が右と左にあって、その右と左の地所を連絡する頑丈な橋の下をくぐった少し先に、一基の戒壇石が立っている。その先に、石の樋から滝が落ちている。石段は見上げるように高い。要害堅固の感じで、昔、比叡山の僧兵が狼藉を働きに来たときにも、これなら三井寺の僧兵と共に防ぐことが出来たろう。

森閑とした寺であった。西川さんが交渉すると、すこし吃りだが愛想のいい雛僧が案内に立って、茶席の雨戸をあけて見せた。フェノロサがビゲロー博士と一緒に住んでいた「時雨亭」という茶席である。

「このお茶席は、ビゲロー博士の御寄附で修理されました。待合は、もと六畳間であったそうです」

と雛僧が云った。

茶席右手の待合が十畳、左手の水屋が三畳になっている。庭にふんわりした青苔が生え、ごつごつした幹を股にひろげた紅梅が満開の花を咲かせていた。

フェノロサが日本に来て帝大の教職についたのが明治十一年、この寺に来たのが明治十四年である。仏門に帰依してこの寺の和尚さんについて修行の道に入り、授戒を受けたのが明治十八年、三十二歳であった。その後も、美術鑑賞の行脚に出るとき以外は、主にここを拠りどころとして選んでいた。後にロンドンで客死したが、遺言によってこの地に埋葬したのだそうだ。

墓は玉垣で囲まれている五輪の塔で、裏山への登り口にある。すぐ近くにビゲロー博士の墓と、両博士の略歴を刻んだ平ったい角石が据えつけてある。その文字も遺言にしたがったとのことで、「フェノロサ先生」は「飛諾洛薩先生」と綴り、「フランシスコ」は「仏蘭西斯格」という文字に綴ってある。

「五輪塔は白川石です。北白川から出ます。大名の墓にする石です」

と雛僧が云った。

墓前の石の花立に、紅梅とアシビの花が供えてある。タラの木、ウラジロなどが玉垣のそとに生え、山の一部として落着きはらった感じを出している。

「フェノロサ先生は、よほどこの寺が好きだったんでしょうね」

と私が云うと、

「はい、そう思われます」

と雛僧が云った。

雛僧はフェノロサの遺品を陳列してある部屋に私たちを案内した。両博士の写真が正面に飾られて、三脚のついている大きな望遠鏡、三脚台のついている大きな地球儀、アメリカ製のランプ、呼鈴など置いてある。

「ほかにもまだ、日本で一ばん古い蓄音器があります」

と雛僧が云った。

「この望遠鏡で、フェノロサ博士は何を見ていたんでしょう」

と雛僧に聞くと、

「ここから近江八景を見ていたんでしょう」

と笑いながら云った。

ずいぶん、落着いている小僧さんであった。私たちがお礼を云って「さよなら」をすると、その小僧さんは私たちに向って合掌した。石段のところまで送って来てまた合掌した。

大津から草津を経て近江八幡に向う街道は、両側に家が続いて長たらしい街並をつくっている。家の裏手はすぐ畑だが、行けども行けども家並の続く襌町である。

通りすぎて行くトラックや自動車の番号札を見ると、近畿一帯の車のほかに山陽道や中部地方から来た車もある。道に舗装がしてないので土ぼこりが舞いあがり、人家の屋根も窓格子も杉の生垣もほの白くなっている。

「この辺では、家のなかの簞笥のなかにまで、土ほこりが舞いこみます。日本全国の車が通るんですから」

と西川さんが云った。

「右、東海道。左、中仙道」の草津を通りすぎ、しばらく行くと街道が草津川の下を通る仕組になっている。天井川だから川底が道路よりも遥かに高くなっている。川の上の橋を渡るのでなくて、ガードになっている川の裏を通るのである。

野洲《やす》の先から新道に出て行くと、やっと褌町が途切れた。この道路は、しのはら駅の附近で大規模な古墳を切通して通じ、そこの赤肌の崖の壁に、石棺を入れる岩室の横断面を見せている。古墳の断面図のようなものである。

この道路は不思議に史料的箇所を縫っている。安土城の脇を行くときには、水濠が埋まった趾を通りすぎ、通用門があったと思われる石崖のひずみを持った箇所を三つも四つも露出さしている。ひずみは、ちょうど安土町の観音寺の門のところの、石崖のひずみと同じ工合になっている。同じ石工が築いたかと思われるほどである。「この道路をつけるとき、水濠の石崖にぶっかって崩したんで、文部省からお叱りを受けました。しかし、ここに水濠があったことはわからなかったんですからね」

西川さんはそう云ったが、従来、私も安土城は平山城と要害山を兼ねた城だとばかり思っていた。

もう一つこの新道路は、石田三成の居城のあった佐和山を削りとっている。私はそこを通るとき、ばかに展望のよくきく陽当りのいい峠を通らせるものだと思っていた。後で彦根城址にのぼって見て、なるほどあのときは佐和山を越えていたのかと気がついた。

歩きにくい石段

私はこの土地に来たのは初めてだから、なるべく慾ばって盛りだくさんに見ておかうと思った。たとえば、あまり旅行したことのない爺さんが、各駅停車の車中において、汽車が駅につくたびごとに駅名を手帳に書きこんでいるようなものだ。せかせかと気をあせらしているだけで、旅から帰れば手帳にある駅名しか人に話せない。私もそういった按配で、安土城を見るならば、秀吉の時代に安土の町人が移住させられて出来た近江八幡の町も見ておこうと思った。しかし昼飯どきだから私は八幡の町の飯屋で昼飯を食べ、もうそれで満足した。その飯屋のおかみさんに、

「よかったですね、八幡商業が勝ったんで。市長さんは甲子園から帰って、駅頭で演説しなかったですか」

そう云ったところ、おかみさんは薄気味わるがって、「勝って、よかったです」と云ったきりだった。

この町の名物は、メンソレータムと、近江商人と、附近に産する近江牛だそうだ。藩主の井伊家では古くから牛肉を食っていたのだろう。「鹿の子」と云われるロース肉を将軍家へ献上した歴史が残っているそうだ。湖畔の町だから、八百屋でも生きのいい小鮎を売っていた。一束のワケギを解いて、二本だけ買って行く年ごろの美しい女がいた。そういう風に買物をする風習が残っているところだろう。古めかしく落着いている町だと思った。

安土の町は素通りして、安土城址に行った。古図にある正面の沼は畑になっていて、

城の往年のものでは石垣や石段など堅苦しいものばかり主に残っている。石段をのぼって行くと、右手に前田利家の邸址があり、すこしのぼった左手に豊臣秀吉の邸址がある。そこから右へ鉤の手に折れてのぼると徳川家康の邸址があって、この敷地に総見寺の仮堂がある。信長のころの総見寺は、八合目あたりに三重塔と山門だけが残っている。七層の天守閣の址は、今は松林に変じて松茸狩の名所となっているそうだから、私は行かなかった。

家康の邸址は、利家や秀吉の邸址よりも広くて眺望も悪くない。ちょうど恰好のところに観音寺が見え、その右手の安土セミナリオのあった址に教会堂が見える。セミナリオのあった場所は、信長のころには湖水につづく蓮沼であったということだから、当時の安土城は正面にずいぶん広大な自然の濠を控えていたことになる。従来、私の想像していた安土山は、実際に見る安土山と向きが反対であったことに気がついた。

私たちは総見寺の仮堂の和尚さんに挨拶してから山を降りた。

「昔の武将は城をつくるとき、わざと歩きにくいように石段をつくらせたのでしょうか。あたかも、溝を越えるがごとく歩かなくっちゃいけないですね」

印南君は石段を下りながら、そんな愚痴をこぼした。

次第に早廻り旅行になって、安土から醒ケ井の虹マスの養殖場に行き、彦根に引返して泊った。醒ケ井では、日が暮れかかっていたが、場長さんに頼んで孵化場を見せてもらい、稚魚のいるタンクや、大きなマスのいる池を見せてもらった。ここには約三十万尾の虹マスがいるそうだが、そのなかに変り種で、マスとして原始時代の空色のマスがいた。二尾いるそうだ。しかし一尾しか見えなかった。薄青いビードロ製のような色である。

大きなマスは、採卵されたあとだったので、それよりもずっと小さい五六寸から七寸ぐらいのものが姿が美しく見えた。

「あのマスは、女で云ったら十八歳ぐらいでしょうか。あの六七寸ぐらいのが美しいですね」

場長さんにそう云うと、

「いや、あのくらいなのは、まだ子供を産みませんから」と云った。

「尋常二三年生でしょうか」と聞くと、「まあそうですな」と云った。

夜になって彦根に引返し、城址にある旅館に投宿。翌日、本丸にのぼり、帰りに埋木舎を見た。これで近江路の旅を終ったことにして、私は帰りに印南君と大垣で別れて、名古屋で石川隆士という以前からの釣友に連絡し、桑名に出て町屋川に行った。この川では、マスと白ハヤとの交配種、シラメという魚が釣れると聞いた。大きさは七寸から八寸くらい、餌は栗虫、手応えはマスと変らないそうだ。

石川君は餌や釣道具を持って来てくれたが、シラメのいる場所は足場が悪くて私には無理だろうと云うので、下流に出て白ハヤを釣った。自然、釣の腕くらべになったが、どちらも同じ程度で二時間のうちに二人で五十七尾の釣果を得た。釣の鑑札を持たない私は、見廻りの番人に見つけられて一年分の入漁料を払わされた。ここの川では、今年は一年分の鑑札しか出さないそうだ。

「奥の細道」の杖の跡

那須篠原の匂い

「芭蕉翁の奥の細道の杖の跡なつかしく、心にあへる友もがなと年月を経し《ママ》ける折柄、涼しきころに潤《うるふ》ありて物ごとゆるやかなるに、松島の螢、きさかたの合歓《ねむ》のしきりにしたはしく、軒並に反古《ほご》とて七十近き叟《おきな》のありけるをそそな《ママ》かして、有明月のほのぼの明けわたる時、住馴《すみなれ》し家をうしろになして同行二人、扇鳴らして旅立、文化五年六月十八日なりけり……」

これは「奥の細道」のあとを巡る旅に出た小林一茶の旅行記の書出しである。風雅な文章に出来ている。――私も「奥の細道」のあとを巡る旅に出たのだが、いま旅行記を書くにあたって、一茶のような風雅な書出しは出来ないのである。私は松島の螢や象潟の合歓の花を慕わしく思っているものではない。印南君にそそのかされ、旅行記を書くための旅行に出たにすぎなかった。

一方、曾良の「奥の細道随行日記」の書出しは「巳三月廿日出、深川出船、巳ノ下刻、千住ニ揚ル。廿七日夜、カスカヘニ泊ル、江戸ヨリ九里余」となっている。これも風懐をそそる文章だが、こんな文章を真似ようとすると、私の旅行記は原稿紙一枚か二枚でおしまいになる。十月二日の朝、上野駅を出発、那須の湯本、石ノ巻、一ノ関に寄り、酒田まで行って、九日の朝早く東京に帰って来た。「奥の細道」のあとと云っても、その前半だけを早廻り旅行で辿って来たわけだ。

十月二日のお昼ごろ、私たちは黒磯の駅に着いた。ここから那須の湯本まで、すこしずつ上り加減の道を行くのだが、ところどころにまだ原野が残っている。湯本に近づくにつれて原野の拡がりが殖えて来る。私たちの乗った車の運転手は至極きさく者で、自分は聊かこの辺の史実研究をしたことがあると云った。源実朝が「もののふの矢なみつくろふ――」と詠った那須の篠原は、「あの方角に当るところです」と云って、片手でハンドルを操縦しながら、斜め左うしろの方を指差した。

「どうして、それがわかるんだ」と印南君がきくと、

「どうも、そうらしい匂ですね。たしかに、そうらしいです。これは私の定説です」と云った。

私は運転手に、芭蕉の泊った宿に連れて行ってくれと頼んだ。この注文は無理であ

った。芭蕉の泊った宿は、もうとっくに廃絶し、今ではその宿屋の址が畑になっているそうだ。その代りに運転手は、芭蕉の泊った宿の本家にあたる和泉屋という温泉宿に案内してくれた。

宿に着くと私はすぐ昼寝をした。前の晩、仕事の都合で一睡もしなかったのである。印南君は散歩に出た。昼寝のあと、殺生石《せっしょうせき》と温泉《ゆぜん》神社を見に行った。曾良の随行日記に、芭蕉はこのお宮と殺生石を見たと書いてある。

那須与一の三種の矢

和泉屋の主人は、温泉神社の神主を兼ねている。もうずいぶん昔の先祖から代々にわたって、温泉神社の神主と和泉屋の経営を兼ねて来たのだそうだ。曾良の随行日記によると、芭蕉は元禄二年四月十八日に、黒羽館代の家来角右衛門という武士の道案内で、那須の五左衛門方へ着いている。この五左衛門方というのは屋号を東和泉屋と云い、和泉屋の分家であった。

安政のころ、湯本の温泉宿の全部二十軒が、裏山の山津波で流されて全滅した。そのときの記録を私は和泉屋の主人に見せてもらった。奉行所宛の「御役向日記」と題する記録である。

「安政五年六月十四日、大雨ノ節、（月山寺の裏山）山崩レ、人死多有レ之。——丸流、東和泉屋五郎兵衛六人、物置ニ住居仕、極窮ニ而、子供弐人幼少ニ御座候」

これで見ると、かつて元禄のころ黒羽館代の貴賓であった芭蕉を泊めた格式のあった宿も、安政のころには凋落の極に達していたことが知れる。

和泉屋の主人は「昔の地図を差上げましょう」と云って、木版刷の昔の図面を帳場から持って来てくれた。つい二三日前に、温泉神社の倉のなかで偶然に版木を見つけたので、試しに竹の皮で馬連《ばれん》を拵えて刷りあげてみたそうだ。版木は安政のころの作製で、湯本が山津波で全滅する以前の図面である。現在と違って、昔の湯場は殺生石のある沢から流れ出る川端にある。そのころでも殺生石見物の客があったものと見え、図面で見ると、殺生石の手前の方に人除けの頑丈な囲いが施され、川の両側に並ぶ湯の宿は軒を接している。この川を湯川と云い、御橋《みはし》という大きな板橋の架った白河街道を通している。東和泉屋はこの御橋のそばにある。正確に云えば、湯川の左岸、御橋のたもとのすぐ下手に東和泉屋は所在した。家の構えは小さく現わしてある。その対岸の差向いに、はりまという宿屋がある。これが現在の和泉屋の先祖だが、安政の山津波でこの湯場の宿屋は全部、温泉神社前のだらだら坂の左右に共同疎開した。現在の湯場がそれである。

曾良の随行日記によると、四月十八日、芭蕉は東和泉屋五左衛門方に投宿して、翌日、温泉神社へ参詣し、神主に面会して宝物を見せてもらっている。「与一扇ノ的□残ノカフラ壱本、征矢十本、蟇目《ひきめ》ノカフラ壱本、檜扇子壱本、金の絵也。正一位の宣旨、縁起等、拝ム」と云ってある。

「芭蕉の拝観した宝物は、今でもお宮に残っていますか」

印南君が和泉屋の主人にきくと、

「そっくり残っています。明日の朝お目にかけますが、古い絵葉書がありますから――」

と云って、帳場から彩色刷の絵葉書を持って来てくれた。征矢《そや》も鏑矢《かぶらや》も蟇目矢《ひきめや》も、那須与一宗隆が西海の戦陣から凱旋記念に持ち帰って奉納したものだそうである。征矢は、すんなりとした直線美を見せている。鏃《やじり》が鋒の穂を縮小したような恰好で美しい。鏑矢は矢の根が二股に分れ、から《ヽヽ》は矢筈の方が幾らか太く見える。先に行くにしたがって、ほんのわずかずつ細くなっている。とても流暢な線に見える。蟇目矢は、敵や獲物を無疵で生捕りにする武器だそうである。木製だと見える意外に大きな方錐形の矢の根は、弱敵を侮るためでなく何か事情ある場合のために考案されたのだろう。一見、弓で射放つ武器でなく、からを持って敵を殴るための道具のようにも思われる。しかし、ちゃんとした武器だそうだ。

以上の三種類の矢は、年月のために矢羽根が消えて無くなっている。檜扇は、曾良が「金の絵也」と書いているが、今では、着色のあとが極めてわずか残っているだけで、檜の薄板の骨も満足な形を残しているのは三枚しかない。かなめからはずれ落ちているのもある。神社の言伝えによると、この檜扇は、与一が平家の女官から一首の和歌の添状と共に贈られたものだそうである。与一がその女官の立てた扇の的をうまく射落したので、女官が一首の和歌をつくった。ばらりと散った扇の骨が花の散るみたいだという意味の和歌である。あるいはその女官は、戦争を回避する精神で衝動的に軍規をみだして扇の的を立てたのだろうか。先年の大戦でも、落伍した敵味方が或る谷間で落ちあって、つまらない戦争をするものだと語りあったという話がある。そんな気持であったかもわからない。しかし我が那須与一は、平家物語によると「南無八幡大菩薩、別しては我国の神明、日光権現、宇都宮、那須の温泉大明神、願くはあの扇の真中射させてたばせ給へ」と胸中に念じて目的をとげた。その感激のしるしに温泉神社へ、女官から貰った檜扇を奉納したと伝えられている。

芭蕉も「奥の細道」に、扇の的のことを書いている。黒羽に泊っていたとき郊外を散歩して、「それより八幡宮に詣、与市扇の的を射し時、別しては我国氏神正八まんとちかひしも此神社にて侍るときけば、感応殊にしきりに覚えらる」と書いている。しかし昔の武将は、祈願するとき神経質に八百よろずの神に祈るから、与一が温泉神社にも祈り黒羽の八幡神社にも祈ったことにしても不自然でない。

故実辞典によると、婦人用の檜扇は三十九枚の枚数にきまっている。温泉神社の檜扇は、板が散逸して十八枚しかないが、絵を書いてあったあとが見えるので婦人用の扇に違いない。

「この扇は、那須与一の戦利品だろうか」と印南君に云うと、

「ええ、きっと戦利品ですね」と云った。

「それとも、京都あたりで買って来た土産物だろうか」と云うと、

「そうかもしれません、京都には檜扇を売ってる店があったでしょう」と云った。

「それとも、実際に平家の女官玉虫から贈られた扇だろうか」と云うと、

「きっと、そうでしょう」と云った。

夜、印南君は地図を参照しながら曾良の随行日記を読んだ。私は「奥の細道」を読んだ。隣の部屋で、宇都宮から来た団体客が芸者を呼んで騒ぐので、私はしみじみ読書することが出来なかった。団体客は選挙運動の骨折り休めをするために、大騒ぎが目的で来ていたものである。かれこれ三時間ばかり騒いでから、みんなどこかへ寝泊りに出て行った。私は印南君と書物を取りかえて「奥の細道随行日記」を読んだ。曾良は芭蕉の足どりと自己の見聞を簡潔な文で書きとめて、自分の主観は全然ひかえている。慎ましやかな態度である。芭蕉の前に出たときの曾良の態度や表情が偲ばれる。

私たちは翌日の旅程を未定のまま寝床についた。

翌朝、二階の廊下から裏庭を見ると、赤い実の房をつけているナナカマドが目についた。その実を五粒か六粒ほど貰えまいかと女中さんに云うと、どっさり実をつけた枝ごと折りとって来てくれた。月山寺の裏山に、コジュケイの群が鬼ごっこしているように遊びまわっているのが見えた。

芭蕉の句碑が川ばたに立っているそうだが、これは見落して行くことにした。「石の香や夏草あかく露あつし」という句だそうである。

私たちは白河を素通りした。「奥の細道」には「白河の関にかかりて旅心さだまりぬ。――此関は三関の一にして、風騒の人、心をとゞむ」と云ってある。

私たちは黒磯から石ノ巻に直行した。途中、多賀城址のあたりを電車で通るころ日が暮れて、松島の海岸を通るとき島の上に月が出た。十五夜の月であった。

石ノ巻に着いた私たちは海の見える旅館の名前を教わって、千葉甚という旅館に行った。三階の部屋に通された。すぐ目の下が北上川の川岸で、対岸に牧山《まきやま》という小高い山が見える。いったん曇った空が晴れた。月はもう庇の上にかくれていたが、川の水に映っていた。ちょうど満潮時で上げ汐が川の流れを停滞させ、その静かな水面に、はっきり月を映していた。すこし川しもに、夜釣の船が舫いしているのが見えた。

印南君は夜釣を見て来ると云って、丹前を着たまま階下に降りて行った。女中がお茶をいれかえに来て、窓の手すりのところから私を手招きした。私は啜っていた湯呑茶碗を下に置いた。女中は、私に片方の手のひらを見せ、その手のひらに指さきで「月」という字を書いて外を指差した。私が頷くと、女中は部屋を出て行った。しかし、この女中は唖ではない。あまりにも川ずらの月が綺麗で息を呑むほどであったので、「月が映っている」と口に出して云えなかったらしい。

しばらくすると印南君が帰って、

「いま、意外な人に逢いました。吉岡さんに逢いました。グラビア用の、松島の写真とりに昨日ここに来たそうです。明日、石ノ巻見物の案内してくれるそうです」と云った。

吉岡君は東京の新聞社で週刊誌の編輯を受持っている。私はこの旅行では、不思議に知人に巡りあった。宇都宮の駅でも偶然に詩人の草野心平に逢った。草野君がプラットフォームでふらふら歩いているのを見つけたので、汽車から降りて「どうした、酔っているのか、どこへ行くんだ」ときくと、「山形へ行くんだ。眠れないから、アドルムのんだよ。あと四十五分したら眠れるんだ」と云った。「では、四十分ほど、つきあわないか」と食堂車へ誘って、時計を気にしながらビールを飲んだ。草野君は山形の高等学校の依頼で校歌の作詞を仕上げたので、作曲家と一緒に山形まで発表に行くところだと云った。「どんな歌詞だ。最初の二行だけ教えないか」と云うと、草野君は、にやりと笑って「俺、忘れちゃったあ」と云った。

草野君は東北地方の山や町について蘊蓄《うんちく》があると云った。「奥の細道」のあとを巡る旅行なら、是非とも尾花沢と山寺に行けと勧めてくれた。それから、東北弁は滋味が深いから、行くさきざきの方言で何か文句を書きとめておけと云った。四十分たって草野君と私は各自の車輛に引返した。

草野心平の教えにしたがって、私は那須の湯本の旅館で次のような原文を書いた。

「あれは何という山ですか。あそこの丘の上にのぞいているあの山。大変いいじゃないですかね。昔、ここに芭蕉が来たそうですね。その当時、この土地の言葉が、芭蕉にわかったでしょうか。芭蕉は関西生れだし、奥州の旅は初めてだったんでしょう。でも、『奥の細道』には、言葉の通じなかったこと、ちっとも書いてないですね。――いや、おかまいなく」

この原文を、那須温泉では和泉屋の主人が次のように、那須の方言になおしてくれた。

「ありゃ、なんてェ山だんべ。あっちの山から出ばしゃっているあの山。とっても、いい山じゃねェけェ。昔、ここさ芭蕉が来たそうじゃねェけェ。そんとき、ここらの言葉が芭蕉にわかったんべェか。芭蕉は上方《かみがた》生れだし、奥州の旅は初めてだったんべェから。だけんど、『奥の細道』には、言葉の不便はちっとも書いてねェなあ。——いや、ざんまいしてくんッえェ」

和泉屋の主人は、物静かな様子でこの文章を音読してくれた。抑揚の微妙な点を写しとることが出来なくて残念である。

そこで、石ノ巻でもこれと同じ原文を、その土地の言葉になおしてもらった。

「あそごは、なんツう山だべ。あそごの山の上《うい》さ出《で》でエるあの山。とっても、ええ山でがいんか。ずっどまいに、昔《むがす》芭蕉がこごさ来《ち》たッつウけね。そんとち、こごらの言葉が芭蕉さ、わがっただべがヤ。芭蕉は上方《かみがた》生れだす、東北の旅は、はずめてだったんぺちゃ。うんでも、『奥の細道』には、言葉わがんねのは、さっぱり書いてがいんちゃ。——なに、いがす、いがす」

次は、石ノ巻から平泉に行き、その近くの一ノ関の宿で女中さんを煩わして取った聞書きである。二人の女中が、厳密に一ノ関の方言になおすと云って、検討しながら教えてくれたものである。

「あいづ、なんツう山だべ。あそごの丘の上さ出はってるあの山。なんツういい山だべニえ。昔《むがす》、こごさ芭蕉さんが来たったツねえ。そのどぎ、こごいらの話が芭蕉さ、わがったべがねェ。わがんねがったべね。芭蕉さんは上方《かみがた》生れだから、こッつのほうの旅は、はずめでだったんべねェ。ほだけんども、『奥《おぐ》の細道《ほそみち》』さば、はなすのほがんねとこは、ひとつも書いてねちゃね。――いいがらいいがら、ままわねでけらいん」

一ノ関から酒田に行った。そこの旅館で酒田山椒小路の三郎さんという人が、同じ原文を次のように土地の言葉に書きなおしてくれた。

「あれは、なんてう山だんでろ。あっこの丘の上さのぞいてるあの山。とっでも、ええ山でねか。むかす、こごさ芭蕉が来たけんども、その頃ここらへんの言葉、芭蕉さ、わかったんでろか。芭蕉は関西生れだし、奥州の旅は初めてだんでろさげ。うんだども、『奥の細道』さだば、言葉のわからねごどだば、ひとつも書いてねの。――いや、かまわねでくださんせ」

運の悪い石ノ巻

芭蕉は、石ノ巻では可なり面白くなかったように「奥の細道」に書いている。

「――終に路ふみたがへて石の巻といふ湊に出づ。こがね花咲くと詠みて奉りたる金華山海上に見わたし、数百の廻船入江につどひ、人家地をあらそひて竈の煙立ちつづけたり。思ひかけず斯かる所にも来れる哉と、宿からんとすれど更に宿かす人なし。漸くまどしき小家に一夜をあかして、明くれば又知らぬ道まよひ行く――」

この引用の文章で見ると、古画で見る西行法師の淋しそうな旅姿が目に浮かぶ。一方、曾良の随行日記には、同じ足跡について次のように書いてある。

「小野ト石ノ巻ノ間、矢本新田ト云町ニテ咽乾、家毎ニ湯乞共、不与、（刀さしたる）道行人、年五十七八、此体を憐テ知人ノ方ヘ壱丁程立帰、同道シテ湯ヲ可与由ヲ頼、又、石ノ巻ニテ新田町四兵衛ト尋、宿可借之由云テ去ル、名ヲ問、（小野ノ近ク）ねこ村コンノ源左ト答、如教、四兵衛ヲ尋テ宿ス、着ノ後小雨ス、頓テ止ム、日和山ト云ヘ上ル、石ノ巻中、不残見ユル、奥ノ海、遠島、尾駮、牧島、眼前也、真野萱原モ少見ユル、帰ニ住吉ノ社参詣、袖ノ渡リ、鳥居前也」

「十一日、天気能、石ノ巻ヲ立、宿四兵衛一人、気仙ヘ行トテ矢内（註―柳津）迄同道――」

曾良のこの記録が実際なら、石ノ巻で「更に宿かす人なし」「思ひかけず斯かる所にも来れる哉」というのが腑に落ちない。これについて私は現地調査する必要を感じたので、吉岡君に頼んで石ノ巻の露江さんという博識の人と、露江さんの友人を紹介してもらった。曾良の書いている（刀さしたる道行人、年五十七八——小野ノ近ク、ねこ村コンノ源左）という人は、小野の城代家老を勤めていた人だそうである。それでは尚さら腑に落ちない。その家老は、石ノ巻新田町の四兵衛を尋ねるように紹介した。四兵衛方も宿を断わっているわけではない。翌日は柳津まで四兵衛がお供をつとめている。新田町は当時でも石ノ巻の目抜の町で、伊達家の米倉のあった仲町の近くにある。いま四兵衛の旧居は湮滅《いんめつ》しているが、家老職の紹介したほどの家だから「まどしき小家」ではなかったろう。尤も芭蕉の泊る予定で訪ねる家は、たいていその土地の第一流の豪商豪家、または一流の温泉旅館か権勢家のうちである。但、これは私の今度の旅行で実地に調べた範囲内の話である。

博識の露江さんも、「宿からんとすれど更に宿かす人なし」の記録には、いつも悄気るのだと云っていた。露江さんの友人も、「石ノ巻の町は、そのとき運が悪かったんでしょう。今さら、どうにも仕様がありません」と云った。

あとで私は印南君に云った。

「芭蕉は石ノ巻に来たとき、睡眠不足と疲労で、くたくただったんだろう。前の前の日、松島で一句も出来なくて、眠らんとしていねられず、と書いている。翌日は松島の島めぐりで、船酔して吐いたんだろう」

私たちは吉岡君と一緒に、露江さんたちの案内で日和山へのぼった。昔、鎌倉時代には、ここは七郡六十六島の探題葛西氏の本城であった。北上川の川口に迫って孤立している岡である。一望のうち石ノ巻の町が見え、曾良の書いているように「石ノ巻中、不残見ユ」「遠島、尾駮（尾崎）、牧島、眼前也」である。しかし芭蕉の書いているのと違って、金華山は岬のかげにかくれて見られない。

私たちはこの山城の趾を降って、葛西氏の菩提寺であった多福院という寺で碑林を見た。古碑七十基のうち、弘安元年の刻字のあるのが一ばん古い。本堂の右手裏に慎重に囲いをめぐらされた大きな碑があった。刻字は殆ど消えかけていたが、露江さんの連れの人が碑文字を指でさぐりながら「廟所、吉野先帝御菩提所也、延元二十二年己卯霜月二十四日」と読んでくれた。私にはこれが何を意味する碑かわからなかったが、次に一皇子宮という神社に行って概略が呑みこめた。「吉野先帝」の碑は後醍醐天皇を供養した記念碑で、一皇子宮は大塔宮の墳墓だと云い伝えられている。南北朝のころ、淵辺某は幕府から大塔宮弑逆の命令を受け、宮の首級を戴いたと表面に見せかけて、実際は宮を案内して奥州のこの土地に難を避けて来た。この神社の地域が大塔宮終焉の場所だというのだそうだ。

この話をきいて私が呆然としていると、「いや、笑っちゃいけません。この辺の人は、いま私の話した通り信じていますからね。笑ったりすると、とんだ厄介なことになりますよ」と云った。

私は決して笑ったのではない。ただ呆然としていたにすぎないが、露江さんは万全を期して注意してくれたのである。

露江さんの連れの人も、先例を引いて私に注意してくれた。いつかも市役所で寺崎先生という歴史家が、一皇子宮は何の根拠もない伝説から由来した建築物だと云った。これをきいた高橋鉄牛という人が、大いに腹を立てて寺崎先生に対決を申しこんだ。鉄牛という人は「一皇子宮顕彰会」の有力な一員であったので、この辺の人たちのためにも自分のためにも寺崎先生をやりこめようとした。鉄牛という人は、以前どこかの中学校長をつとめ、その学校の校舎が怪火で焼けてから失職して石ノ巻に流れて来た。爾来、定職は持たなかったが、歴史のパンフレットなど出版し、また演説が非常に上手で選挙の応援演説などには妙を得ている人であった。「ジンギス汗は源義経なり」という著書を出した。しかし人望がなかった。石ノ巻では牛のことをベコと云うので、鉄牛をテッベコと云っていた。仙台の近くだから高山樗牛《ちょぎゅう》の雅号を真似たのだろうが、みんながテッベコと云いだしたので更に名誉がなくなった。

鉄牛と寺崎先生との対決は、鉄牛の名誉を回復するための絶好な事件であった。この対決は「立会演説」と命名され、石ノ巻の繁華街にある岡田座という劇場で開催された。聴衆は、石ノ巻の有識者、学校の先生、一皇子宮の附近の人たち、花柳界の人たちなど、合計千七百人あまり集まった。先ず司会が終って、寺崎先生が先に演壇に出た。

この先生は謹厳温厚の篤学の士で、神経質で口が重い。年は六十すぎで、演説の声量にも乏しかった。その演説の要旨は、一皇子宮に関しては証拠記録も文献も皆無であって、伝説と史実を混同してはいけないという純理論であった。聴衆は興奮して頻りに弥次がとんだ。「お前の云うこと、嘘だ嘘だ」「ばか語んなよ」「嘘こくな」というような種類の弥次であった。寺崎先生は顔面蒼白になって手を震わせていたが「伝説は史実に対して何の価値もない」と最後の結びをして、約三十分間にわたる演説を終った、「嘘、語んな」「嘘だ、嘘だ」という叫び声が湧きあがった。

次に鉄牛が演壇に出て、静かに前置を述べてから、荘重な口調で演説した。

「私は淵辺義博の史実に関しましては、過去二十二年間、自分の宿題として探討研究して参りました。しかるに、今や、宮の御遺蹟を抹殺して、光輝ある石ノ巻の史蹟をば台なしにせられ、古来より伝うるところの口碑史実は、全然破壊せらるる運命に逼って参りました。従来、自分はその誤謬を根底から覆し、迷夢を覚醒せしむべきようつとめて来たものでありますが、史学者、殊に大槻文学博士等の説に雷同する小史家は、漸次その勢いを増して参りまして……」

こんな調子で鉄牛は一時間半にわたって演説した。これは神社附近の人たちの圧倒的支持を得た。その結果、鉄牛は名誉を回復して、間もなく県会議員に最高点で当選した。

この挿話をきいて私は、暫くまた呆然とした。

「あの立会演説会のとき、僕は寺崎さんに同情したんだがなあ」と露江さんは、溜息をついて独りごとを云った。

私は殺生石調伏の犠牲者のことを思い出して、

「伝説というものは、どうしてこんなに犠牲者を生むんだろう。いつの時代でも、そうなんだろうか」と云った。

露江さんは私たちを真野《まの》の萱原《かやはら》に連れて行ってくれた。曾良は、日和山から「真野萱原モ少見ユル」と書いているが、そこからは見えないのである。真野の片葉の蘆が古歌に詠まれて有名なため、日和山に登った芭蕉は、真野の萱原はどこかと人にきいたことだろう。しかし東北弁の答えが芭蕉や曾良によく聞きとれなかったことは想像できる。「金華山、海上に見わたし」の誤りもそのためだろう。

「これが真野の萱原です。蘆が、みんな片葉です」と露江さんが云った。

露江さんの指差した萱原は、約五間四方の水たまりで、そこだけ蘆が茂っていた。昔の広々とした萱原の残欠だというが、蘆というものは周囲との関係から片葉になるものと思われる。その翌日、一ノ関から酒田に行く途中にも、最上川の上流地域で見かけた蘆は、みんな片葉であった。

真野の萱原の残欠は、長谷寺という物淋しい寺の入口にある。私たちはこのお寺の庫裡を訪ねてお茶の御馳走になった。俗家と同じような構えの庫裡で、勝手口の表札に「稲井村真野萱原五」と記されていた。木彫の大根を鴨居に飾りつけてあった。耳をすましてみても、ただ森閑としたものである。お茶をついでくれた梵妻の人に、「ここは、小鳥が来るでしょう。どんな小鳥が来ます」と聞くと、「鶸《ひわ》が来ます。頬白が来ます。それから仏法僧が鳴きます。目白も来ます。――観音堂の御本尊を御覧になりますか」と云って、木立のなかにある御堂に案内してくれた。そこには正面に、高さ一丈ちかくの御本尊が安置されていた。私は合掌礼拝した。露江さんの連れの人が、

「足利中期の作でしょうね」と云った。

壁に絵馬がたくさん掛けてある。明治時代の汽車を描いた絵馬、徳利を二つ素朴な筆致で描いた墨絵の絵馬、子供が描いたと見える小学校生の運動会の絵馬、お人形を描いた絵馬などもある。汽車の絵馬は、旅行に出かけられるように祈ったもの。徳利の絵馬は亭主が禁酒するように。運動会の絵馬は一等賞を貰えるように。私はそう解釈した。

御堂を出るとき、靴をはいて振り仰ぐと、大きな扁額に達筆な大文字で「大慈大悲」と彫ってあった。

ここから石ノ巻まで二里半。石ノ巻に引返して、曾良の記録している「帰ニ住吉ノ

社参詣、袖ノ渡リ、鳥居前也」の、袖の渡しに寄った。

袖の渡しには今はもう渡船がない。よほど前に出た或る髷物小説に、石ノ巻の袖の渡しから松島湾の島々へ渡船が通っていたと書いてあった。それで私は、今でもここから渡船が松島湾に通っているものと思っていた。汽車で石ノ巻に来る途中、私は印南君と相談して、袖の渡しの渡船で松島湾の寒風沢《さぶさは》という島に行く予定を立てた。寒風沢へ行って、いわゆる仙台漂民の末孫を訪ね、この紀行文の資料をノートにとって来るつもりであった。寛政五年、寒風沢の津太夫という船頭が、乗組十六名と共に漂流して、アレウト列島に漂着し、ロシア人に連れられてオホーツクからイルクーツクを経て、ペトログラードに送られた。十六名のうち六名が途中で亡くなって、十名が皇帝アレクサンドル一世、皇后、母后に拝謁した。十名のうち六名はロシアに残り、四名がロシアの軍艦に乗せられて大西洋を越え、南アフリカの南端をまわり、ハワイからカムチャツカに寄航して、日本列島の南岸をまわって長崎に送り返された。船頭津太夫と、左平というものは、確かに故郷寒風沢に帰って来た筈である。その漂民の帰郷後のことを私は知りたいと思っていた。それを記録したいと思っていた。

しかし露江さんの連れの人が、

「津太夫のことは、あの島では調査困難です。土地の人にきいたって、全然ロシア漂民のことは知らないんです」と云った。

地図で見ると、寒風沢は松島湾では宮戸島に次ぐ大きな島である。宿屋は漁師屋に似たのが一軒あるというが、蚊の多い島で、冬の十二月から二月まで蚊帳をつらないだけである。漁は雑魚や牡蠣などだが、近年はトロール船が通るので漁も減って来て、若い者は他国へ出稼ぎに行くようになっている。島の活気も自然に無くなって行く。ごく最近この島の小学校に、スポンジ・ボールの野球部が置かれたが、投手と捕手と一塁手のグラブと三つしか持ってない。それに海辺にあるグラウンドが狭いので、ヒットが飛ぶと船に乗っている外野手がボールを受けるのである。とりそこねると、外野手は助手に船を漕がせてボールを拾いに行く。とうていこの小学校では、硬球の野球部は創設されないだろう。露江さんの連れの人がそう云った。

「そんなことじゃ印南君、寒風沢に行くのは止そうじゃないか」

この提案に印南君は賛成した。石ノ巻には二泊した。

光堂の鞭

一ノ関に着くと、駅前の石橋旅館という宿に鞄をあずけ、道草をくわずまっすぐに平泉へ行った。うらさびれた、ほこりっぽい部落だという印象を得た。芭蕉はこの部落の有様を「三代の栄耀一睡の中にして、大門の跡は一里こなたにあり。秀衡が跡は田野となりて……」と高踏的に書いている。中尊寺の表坂の手前は広場になって、バラック建の土産物屋が広場のまんなかにかたまっている。この広場の左手の端に、もとの奥州街道の消え残りが認められ、この道ばたに密接させて土台を敷いた農家がある。納屋は階下が馬小屋で、二階が物置である。萱葺屋根の軒が角型の括弧のような恰好である。たしか仔馬の声がきこえた。この場所から中尊寺を見ると、一本調子の急な表坂が尚さらぶっきら棒に見えた。

土地の人にきくと、山内の地域八十四町歩だという。広大なものである。見晴しのいい場所もある。北上川本流と衣川の落合が見える崖の上で、疲れきっているようにおとなしく歩いて行く中学生の大団体を見た。一人前八十円の拝観料を払って葉書大の拝覧切符を買った。私たちは本坊の前を通って光堂を拝観に行った。ちょうど、さっきの中学生の団体が拝観を終ったところであった。それと入れかわった別の数人の遊覧者に、専門の説明人が鞭で内陣の飾を指し示しながら説明をはじめていた。拝観するものは靴をぬぎ階段をあがって覆堂のなかに入る。私と印南君は先客の遊覧者の群に割りこんで行った。

かねがね拝観したいと思っていた光堂である。私は覆堂の手すりのそばに行って、内陣の壮麗な装飾を仰いで見た。木の香がにほっていた。修築された覆堂の用材の匂だが、数年前の修築にしては匂が強すぎるようである。用材は檜の木だろうか、それとも内陣の用材と同じようにアスナロのせいだろうかと、私は眼鏡をとって手すりに目を近づけた。すると、鞭で人をたたく音がした。見ると、輪袈裟をかけた説明人が、後手に鞭で一人の中学生を打っていた。ばさばさという音であった。しかも説明人は、顔だけは内陣の方に向け、流暢な口上で、

「――天井は折上組入り、格天井であり、柱、長押《なげし》、斗栱《ときょう》、仏壇、ことごとく螺鈿《らでん》をちりばめ変化に富んだ模様を施され……」と説明をつづけていた。後手に鞭で人を打ちながら、知らぬ顔で内陣の結構壮麗について讃美を続けている。

鞭で打たれた中学生は、人群の間をくぐりぬけた。私も人群の外に出た。その中学生は、大あわてに片足にズックの靴をはき、片方の靴は手に持って、四つん這いで犬のように階段を這い降りた。私も覆堂の外に出た。印南君も、憤然とした顔で階段を降りて来た。

「ああ不愉快だ」と印南君が云った。

「いやなもの見たなあ、退散、退散」

私は足早に中学生の団体を追いこすとき、

「あんたたち、どこの中学校ですか」と一人の子供に聞いた。

その子供はびっくりしたような顔で、「栃木県の小山中学です」と答えた。

鞭で打たれた子は、無論、金色堂のなかを念入りに見たいと思ったのだろう。いったん拝観して、ふと後髪をひかれる思いで階段をあがったものだろうが、それが鞭で打たれるほどの罪悪であったとは意外であったろう。山内には山内の戒律があるにしても、お経をよみながら木魚を叩く調子を真似られては災難である。鞭で打たれた子は、修学旅行がすんでから、作文の時間にどんな内容の中尊寺参詣記を書くだろう。本心を書けないとすれば、説明人の口上をそのまま書いておく手があるかもしれぬ。

説明人は黒い背広を着て、輪袈裟を襟にかけていた。

表坂を降りる途中、派手な着物を着た女やお婆さんや中年男たちの、十人ばかりの団体に逢った。この人たちは雇のガイドの説明をきいていた。私は立ちどまってその説明をきいた。ガイドは前方に見える高館《たかだち》という岡について説明していた。

高館は一名、判官館とも云う。この岡は、北上川の水流が変遷した影響で一部を削りとられ、今は昔の空濠や段廓が僅に残っている。九郎判官義経は、秀衡の保護のもとに部下と一緒にこの館に住んでいた。秀衡の死後、鎌倉の頼朝の勢力に圧迫された秀衡の一族は、不意に大軍をもって義経を襲撃した。義経は最後まで奮戦して戦死した。年三十一歳であった。いま岡の上にある義経堂は、二百六十年ばかり前の建築である。――ガイドのこの説明は、普通に伝えられている話と変りがないが、団体客の一人のお婆さんが両手で顔を覆って泣きだした。その背中を他のお婆さんが撫でながら、

「まあ泣きなさんな、まあ泣きなさんな……」と慰めた。

背中を撫でられているお婆さんは、それだけでもう泣き止んで、

「へえ、ほんまになあ、あんた。義経公はこんな変てこな田舎で、三十一やそこらで

亡くなんなさったんかなあ、不憫なこっちゃなあ」と腰をのばして長嘆息した。

ガイドはお婆さんを気の毒だと思ったようだ。そばに寄って行って、

「しかしまた一説には、そのとき義経公は、群がる敵を蹴散らし、股肱の臣、武蔵坊弁慶を引きつれて蝦夷に渡られたとも云われます。英雄の末路は、凡人にわかりませんですね。多岐多様でありますから」と云った。

「ほんまになあ、あんた。それならその方が、なんぼええでしょうなあ。ほんまに『勧進帳』はよう出来とりますなあ」とお婆さんは、感にたえないように云った。

たぶん関西方面の、小都会の花柳界にいて年とってしまったお婆さんだろう。舞台に見る「勧進帳」の義経は、水もしたたるように美しい。お婆さんの聯想は、たいていそこに到達していた筈だ。

坂の下の広場にバスが一台も来ていなかった。まだ帰るにも早すぎたので、私は印南君につきあってもらって、時間つぶしに広場のわきの農家に寄った。噂によると、この辺の農家には写経が保存されている。よほど以前、中尊寺の倉が火事のとき、龍吐水をかぶった写経が持ち出されて、そのままになっているという噂である。濡れたお経の水をしぼって、雑巾をしぼったままのように、かちかちに固まっているのもあ

るという。私はそれを見て来たいと思った。

私たちの訪ねた農家には、留守番の若い男が一人いた。

「失礼ですが、お宅には古いお経本がありますか」と聞くと、すぐ親父さんを呼んで来ると云って自転車で出て行った。教育委員の選挙日で、親父さんもお袋も選挙場へ出かけているそうであった。

間もなく親父さんが帰って来たが、

「写経なんか、うちには無い。この辺には、どこにも無い」と云って、じろりと私を見た。

そこで私と親父さんは、次のような会話を取りかわした。

「では、せっかく選挙に行ってたのに、すまなかったね、わざわざ帰って来てもらったりして。しかし選挙は、自由党に投票したかね」

「政友会にした」

「その政友会員、きっと当選するよ。もし、僕に写経を見せてくれたらね」

「そうか、まあ上れ」

親父さんは、戸棚から紺色の紙を取出して、「これはどうだ」と云った。紺紙《こんし》金泥《こんでい》を真似て、黄色い水彩絵具で経文を書いてある。罫は、震えた太い線で引いてある。「もっと、線の細いの無いかね」と云うと、また無造作に戸棚から取出して「これはどうだ」と云った。

前のと同じ手のものである。

「お経の文字が、もっと光るの無いかね。罫も細いのが見たいね」と云うと、今度は四十行ばかりの経切を取出して、

「これは、どうだ。盛岡で買って来た」と云った。本当の紺紙金泥経であった。

「一行、幾らだね」と聞くと、ちょっと考えてから、「一行、百五十円だ。――東京は、ここより相場が安いそうだな」と云った。

「では、六行か七行、買うかね。東京の相場より倍くらい高いから、六行ぶんか七行ぶんほど、負けてくれないかね、せっかくだから」と云うと、相手は黙っていた。

「では、三行ほど負けてくれたら、七行ほど買うがね」と云うと、親父さんは無言のまま裁物鋏を出した。

私は経文の行数をかぞえて折りめをつけ、印南君に持っていてもらって鋏で切りとった。親父さんは箪笥の抽斗から、ちゃんと用意してある無地の包装紙を出してくれ

た。ついでに木版刷の経切も出して、「これはどうだ」と云った。「結構だね」と云って私はそれを返した。

帰りに「どうも有難う」と云うと、親父さんは「その経切は、仕入れの値が一行、百円した。東京は本当に相場が安いのかな」と云った。これが私に贈ってくれたお愛想の言葉である。

バスがまだ来ないので、乗合の箱馬車で帰って来た。御者は笛を紐で首につるしていた。乗車口には、ぎしぎし軋む板戸がついていた。輓馬は、よぼよぼの栗毛のノルマン種である。

宿に帰る前に、一ノ関の町はずれで私たちは金森さんという度量衡商店をさがし歩いた。芭蕉が「奥の細道」の旅で、五月十二日と十三日の二晩泊った豪家である。随行日記には、「十二日——雨、強降ル、馬ニ乗ル。一ノ関、黄昏ニ着、合羽モトヲル也、宿ス」とだけ書いてある。その当時から、金森家は桝や秤を商う豪家であったと云われている。芭蕉が二晩ここに泊ったので二日庵という。

金森家は、川の右岸堤防脇にあると私は前に聞いていた。その堤防の上で、通りすがりの人に聞くと、もとの金森さんの屋敷は、いまでは堤防の下になってしまっているそうであった。先年、二十三年九月十六日の大雨で上流のダムが決潰して、どっと大洪水が押し出したので堤防が吹きとんで、一ノ関の町じゅう水につかった。金森家は洪水の水筋に当っていたので一とたまりもなかった。土蔵六棟のうち二棟を残して母屋も他の棟もみんな流された。水害後、堤防普請で堤を金森家の屋敷のところまで拡げて川幅を広くしたそうである。

この話を私にしてくれた通行人は、

「いまの金森さんのお宅は、あそこです」と、私の立っている遠く後の方を指差した。

明るいうちに宿に引返した。夕食前、床屋へ行ったついでに、私は金色堂で見て来たことを親爺さんに話した。「いけませんなあ」と親爺が云った。夕食後、私は「酒を飲もう」と云って飲みはじめ、十一時すぎまで飲んでいたが、ここでは停電がなかった。女中が梨をむいて持って来て、

「ここの御主人が、教育委員に最高点で当選しました。いま、わかりました。お祝のしるしに、奥さんからお届けです」と云った。

三階だからよく聞えないが、帳場の方で万歳を三唱する声が微かに聞えた。

「嬉しいのかなあ」と印南君は、お祝の梨を食べながら小首を傾けていた。

句のなき旅の山の鳩

一ノ関から酒田行である。

もと来た線を小牛田まで引返して陸羽東線に乗りかえた。国境を越えると、薄の原がたびたび目についた。山裾の一つの岡全体が薄の穂で覆われているのもある。車中、私は曾良の随行日記の最上川くだりの箇所と、古川古松軒の「東遊雑記」巻之三を読みくらべた。

「東遊雑記」は、古松軒が天明八年の夏、奥羽巡検使に随行したおりの記録である。巡検使は諸国の国情を調査してまわる幕府差廻しの役人である。どの程度の格式か知らないが、古松軒の記録によると諸国の大名も憚りがちであったように見える。芭蕉と巡検使と、どちらが豪華な旅をしたか私は比較しながら読んでいた。

「東遊雑記」巻之三を読み終らないうちに酒田に着いた。菊水ホテルに投宿して、山椒小路の三郎さんに電話をかけた。
○芭蕉の酒田における滞在は可なり長期にわたっている。

○随行日記によると、発句の会もたびたび催している。
○芭蕉の投宿した家の不玉をはじめ、酒田には俳句の愛好者が相当にいたようである。
○江戸時代に、酒田は大坂の堺と同じように城下町でなくて港町であった。医者と商人と坊さんの大金持が多かった。書画骨董の愛蔵家が多かったろう。
○したがってこの町には、芭蕉の書き残したものが残っているに違いない。（戦争中、この町は空襲があっても焼けなかった）
この想定のもとに「この町には、芭蕉や曾良の書いたものが、どっさりあるでしょう」と山椒小路の三郎さんにたずねた。

三郎さんは難色を見せて、

「僕の知っているのは、本間さんのとこにあるのが一つ二つだけですよ。芭蕉の書き残したものだけでなく、当時の豪家だって、跡かたさえないのが殆どですからね」と云った。

芭蕉は書いている。

「川舟に乗つて酒田の湊に下る。淵庵不玉と云ふ医の許を宿とす」

その不玉の酒田本町の旧居も無くなっている。曾良の随行日記に書いてある人たちも、どこに住んでいたか殆どわからない。たった一つ、随行日記の「廿四日――廿三日、近江屋三郎兵衛へ被招、夜ニ入、即興ノ発句有」の、あぶみ屋だけ、旧居が市役所の筋向うに残っている。「夜ニ入、即興ノ発句有」という、そのとき書き残したものが、いま本間美術館に残っている。

私は三郎さんに頼んで、印南君と一緒にそれを見せてもらいに行った。老館長がそれを見せてくれた。大型の横物で、のびのびとした大きな字で芭蕉が書いている。

あふみや玉志亭にして

納涼の佳興に瓜をもてなして発句をこうて曰句なきものは喰ふあたはしと戯れけれハ

初真桑四にや断ン輪に切ン　はせを
初瓜にかふり廻しをおもひ出ツ　ソ良
三人の中に翁や初真桑　不玉
興にめてゝこゝ路もとなし瓜の味　玉志

元禄二年晩夏末

私はそれをノートにとった。

「晩夏末の、末は、ちょっと変ですね」と老館長が云った。

これで見ると、当時は陰暦六月下旬に真桑瓜の走りが出ていたことになる。大金満家だから、わざわざ盛岡の郊外あたりからでも取りよせたのかもしれぬ。玉志は、あぶみ屋三郎兵衛が本名だが、西鶴は「永代蔵」で大金満家の鐙屋惣左衛門として、あぶみ屋をモデルに扱っている。その挿絵に、料理人が鍬で魚を切って刺身をつくるところを描いてある。米をとぐのに十人もの人間がとぐのである。そんな金満家であった。この横軸は、あぶみ屋が後になって没落して売りに出したとき、本間家ではそれが他国に流れるのを防ぐため、あぶみ屋から買いうけたそうである。

もう一つ私は軸物を見せてもらった。これは芭蕉が羽黒へ行ったとき、羽黒山別当の描いた絵に讃をしたもので、豊干と寒山拾得がうずくまっているそばに、虎がうずくまっている。

「月か花か　とへと　四睡の鼾哉　芭蕉讃」と書いている。これは鶴岡の町から将来されたものだそうである。

「一茶は、『奥の細道』の旅を絵取るとき、鶴岡に寄ったんでしょう。酒田には寄らなかったんでしょうか」

と三郎さんに訊くと、どうだかと云うように首を振った。

「さっさと素通りしたんじゃないんですか。酒田には、大金持が多すぎたでしょうからね」と印南君が云った。

「一茶は、鶴岡で可なり句をつくっていますね。これも鶴岡から出た一幅です」

老館長はそう云って、また横物を一つ壁に掛けた。しょんぼりと坐った人間を輪郭だけ描いて、「おらの世やそこらのくさも餅になる」と書いてある。感覚的な筆蹟で水々しい。

一茶が鶴岡でこれと同じ句を書いたとき、同じものを頼まれてこれを書いたそうである。

老館長においとまして、陳列室に出ていた茶器を見た。漢の銅器の香炉や井戸茶碗など大名道具ばかりであった。別室には明治時代の洋画が陳列されていた。藤島さんの洋行中の作品が何点も出してあった。この前、八甲田から帰りに、三郎さんに連れられてここに寄ったときは、室町時代の水墨展が催されていた。雪舟から探幽までのいろんな画家の作品が出してあった。見物人は白髪の老人が一人と私きりで、下足番や受附や番人は、みんな酒田の町の娘さんが奉仕的に引受けていた。内庭の茶席は、瓦燈口の壁がこぼれ落ちていた。三郎さんに訊くと、背の高い男たち（西洋人）が、この茶席を見に来て頭をぶっけるからだと云った。私は茶の湯が出来ないので、当主代理の許しを得て外庭の堀で鮒つりをした。幾ら釣ってもよろしいということだったが、ヤマセが吹いていたので駄目であった。

この庭は内庭と外庭に区切られている。その境のところに、一間幅で高さも一間あまりにとめた布袋竹の生垣がある。或る庭師が「あそこへ行ったら、あの布袋竹の笹の落葉に、目をとめておいで」と注意してくれた。今度で私はこの庭の訪問は四度目だが、今度もまたそれを覗いて見て来るのを忘れていた。

美術館を出て、三郎さんの案内で最上川の川口へ釣に行った。港の船寄場のところまで行くと、折から油長の源治さんという人がチャッカーを仕立てていた。私たちはそれに便乗して突堤のさきまで出て行った。

海から町の方を見ると、右手から順に、温海山《あつみやま》、湯殿山、月山、ずっと左手にとんで鳥海山が見える。

「ここから見れば、『温海山や……』という句が、はっきりとするでしょう。もすこし沖に出ると、左手に吹浦《ふくら》が見えます」と三郎さんが云った。芭蕉が酒田で詠んだ「温海山や吹浦かけて夕すずみ」の句のことである。

夕方が近づくにつれ、鳥海山の七合目あたりの紅葉している箇所が、灰色の雲のように見えて来た。月山や湯殿山は、藍色に見えていた。さっぱりとした気持のいい遠望だが、この出羽三山はお家騒動で揉めているそうだ。以前とちがって、三山のお社は役所の手を離れたので、経営を独立させなくてはならなくなった。このために神社側に対して、山伏の子孫である宿房側が、利害関係から対立するようになって来た。そこへまた、観光協会、温泉組合、旅館、交通会社の観光関係者も入って厄介な問題になっている。縄張り争いの混み入った悶着である。どろんこ試合のようである。しかし山の遠望は悪くない。

翌日、鳥海山の駒止まで行った。菊水ホテルに引返し、出発の支度をしていると、内庭の楓の枝に山鳩が舞いおりた。私は山鳩をこんな間近く見たことがない。山鳩は、楓の枝から泉水のほとりの石の上に降りた。水を飲むと、松の枝にとまった。

「山鳩だ」と印南君に云うと、
「昨日の朝も、来てました」と云った。

あとがき

去年の四月、街道めぐりをしてみたらという話があったので、では、試しにやってみるかと賛成着手した結果この旅行記が出来た。但し、「奥の細道の杖の跡」を除くほかは、隔月発行の別冊文芸春秋に一年間六回にわたって分載した原稿である。

旅さきでは、いつも同行の印南君をいろいろと煩わした。また、行くさきざきでは、案内して下すった方々に大いにお世話になった。さまざま御親切にあずかった。私としては、思いもよらない良好な思い出を得ることが出来た。日本では如何なる辺鄙な土地の宿屋に泊っても、たいていの部屋に床の間があって掛軸がかけてある。または小壁に横額がかけてある。それと同じように、どこに行ってもその土地に掛軸または横額に該当する人があるように思われる。私は旅さきでいろいろの人に接し、その掛軸または横額のようなものを見つけたかどうか。心細い次第だが、ときには「忠孝」

と教訓的な文言を記した横額を見たような記憶もある。無落款だが大雅堂ではないかと思われる掛軸のような人もあった。めくりだが見事な墨絵のような人もいた。

尚、巻末の一章は、数年前に別冊文芸春秋に書いたもので、私の随筆集に入れている。共に似たようないきさつで書いたのだからこれに取入れた。

昭和三十二年九月

新潮文庫版あとがき

この本に集めた紀行文は、巻末の「奥の細道の杖の跡」は別として、昭和三十一年四月から翌年一月にかけて、「別冊文芸春秋」(そのころ隔月発行)に連載し、それより前に同誌に書いた「奥の細道の杖の跡」と合せ、昭和三十二年十一月に「七つの街道」として文芸春秋新社から出版した。これはその改版本である。文中の小見出しは「別冊文芸春秋」編輯者の筆になるが、当を得ているようだから黙ってそのままにすることにした。

最初、この紀行文を書く気になったのは、自分としては旅に出たかったからに他ならぬ。すなわち、旅行記を書くために旅に出たのでなくて、旅に出たいために旅行記を書くことにしたのであった。あるとき、文春の印南君という若い記者が、街道めぐりをして旅日記を書く気はないかと言ったので、渡りに船と賛成着手して、一と月おきに印南君と共に旅に出た。その旅さきの宿で私たちは必ずと言ったように将棋をさした。「奥の細道」をたどる旅さきでも対局したが、そのころ私は角落ちで勝ったり負けたりした。それが数年後の「ささやま街道」の旅さきでは、対馬で勝ったり負けたりした。その一年後の「近江路」の旅さきでは印南君が私を零敗さした。若さに物を言わされた一例であったと思う。

尚お、「奥の細道の杖の跡」に引用した曾良の文章は、改版以前の「奥の細道随行日記」によった。この随行記には誤読の箇所が少くないが、改版以前に引用したことだからそのままにした。

昭和三十九年四月二十日

井伏鱒二

巻末エッセイ

久慈街道同行記――『師・井伏鱒二の思い出』より

三浦哲郎

先生をたびたびお訪ねするようになってから二年目の、昭和三十一年夏、私は、思いがけなく先生を郷里にお迎えする機会に恵まれた。そのころ、先生は〈別冊文藝春秋〉に古い街道を訪ねてそこに纏わる地方史を探る、いわば歴史紀行ともいうべき連作を断続的に発表されていて、その街道の一つに私の郷里の久慈《くじ》街道を取り上げられ、取材にこられたのである。

その話は、まことに急に持ち上がった。私は、休暇に入ったばかりのある日、この夏は北の郷里へ帰省するつもりだから、当分の間お目にかかれない旨を告げようとお宅へ伺ったのだったが、挨拶が済むと、いきなり、

「きみの郷里の方に、昔の古い街道はないかね。」

というお尋ねであった。

私は面食らったが、事情を伺っているうちに、久慈街道というのに思い当たった。

「くわしいことはわかりませんが、一つだけあるはずです。なんでも、昔、百姓一揆が蓆旗《むしろばた》を押し立てて気勢を上げながら御城下まで押し寄せてきたという街道ですが。」

そうお答えすると、先生は即座に、

「よし、それにしよう。」

といわれた。

実に迅速な決断であった。先生は、すぐ〈別冊文藝春秋〉の担当編集者へ電話をされ、忽《たちま》ち、取材旅行の段取りが出来た。それから、先生は意外ななりゆきにただ呆然としている私に、帰郷したら宿と適当な案内者を手配してくれないか、といわれた。私は、肩をどやされたような思いで、手帳に先生の取材スケジュールを控えた。

私は、北の町へ帰ると、四、五日は外泊する支度をして、百姓一揆が攻め上った昔の城下町の八戸市へ向かった。八戸市は私の生まれ故郷だが、すでに生家はなく、一家はそこから列車で一時間ほどのちいさな町に住んでいた。先生の計画は、八戸市を拠点として、一揆とは逆方向に街道をゆっくり往復しようというものであった。

宿は、市の中心部から最も遠い鮫《さめ》という港の由緒ある石田家に当たってみると、さいわい離れの一番いい部屋が空いていた。そこを遠来のお二人のために用意した。案内役には、中里さんという博識の郷土史家を頼んだ。真面目な中里さんは、万全を期して、自宅から久慈街道と百姓一揆に関わりのある参考資料を残らず運んできた。離れの床の間に並べてみると、一間《いっけん》の床の間の端から端までぎっしりで、隙間がなかった。

先生がおいでになる前夜、私は石田家に泊めて貰ったが、昂奮して眠れず、読書家の主人と夜明けまで話し込んだ。石田家の主人は、慶応の仏文科の出身で、同級生には芥川比呂志、堀田善衞、白井浩司の諸氏がいたという。村次郎という筆名を持ち、学生時代から将来を嘱望されていた詩人だったが、戦後、復員してきて、米軍艦載機の空爆で廃墟も同然になっていた石田家を苦心惨憺のすえ復興させたあと、不運にも、そのまま主人役をつづけなければならない破目に陥っていた。

翌朝、私と宿の主人とはタクシーを飛ばして、尻内《しりうち》という本線の駅へ遠来の客を迎えにいった。運よく晴れて、爽やかな朝であった。先生は、やあと破顔一笑して、元気に寝台車から降りてこられた。白の半袖開襟シャツ、すこし太めのグレーのズボン、黒の短靴、頭には黄土色の夏帽子を載せておられる。

私は、そんな先生にちょっとの間、目を瞠《みは》っていた。和服でない先生をそのとき初めて見たのである。なんとなく窮屈そうに見えた。先生のあとから編集者の印南さんも降りてきた。私と宿の主人は、印南さんの手から二人分の荷物をもぎ取った。

先生は、宿に着くと、すぐ持参の黒っぽい単衣《ひとえ》に着替えられた。下駄履きで玄関を出ると、そのまま砂浜へ降りて、乾いた砂のさくさくという音を楽しむかのように、活発に歩かれた。書斎の先生より、随分のびのびと見えた。

何度も胸中で繰り返した言葉を、思い切って口にした。

「いかがですか、我がぶるさとは。」

「悪くないね。」と先生はいわれた。「ただ、魚のにおいがちときついな。でも、ここは港なのだから文句はいえない。」

お昼寝のあと、ひと風呂浴びておられる留守に、西日のきつい窓に簾《すだれ》を下ろしに離れへいくと、卓袱台の脇に、宿の主人がお願いした色紙が目立たぬように立て掛けてあった。ちょっと覗いてみると、こう書いてあった。

『わたしは平凡な言葉を好きになりたい』

翌日は、朝からよく晴れて、風もなく、北国ではひと夏に数えるほどしかない、炎暑の一日であった。雇った車には、暑さを凌ぐための用意はなにもなかった。せいぜい窓を開け放って外の風を入れるだけである。宿の主人が、柿渋《かきしぶ》を塗った丈夫な団扇《うちわ》を何枚か持たせてくれた。

その日の取材には、私も同行させて貰うことになっていた。先生に、きみもおいでよ、と誘われたとき、自分など足手纏《あしでまと》いになるばかりだと思われたものの、遠慮する気持にはならなかった。できるだけ長く先生のお近くにいて、親しくその謦咳《けいがい》に触れていたかったからである。

私たちは出発した。案内役の中里さんは助手席に、先生と印南さんとは後部座席の左右の窓際に、私はお二人の間に浅く腰を下ろして。そのころ、私は学生寮では痩せている方だったが、それでも、どちらかといえば肥満型のお二人に挟まれていると、正直いって窮屈であった。その上、車のなかの暑さは予想以上で、私のシャツは忽ち汗でからだに貼りついた。久慈街道は、昔ながらに未舗装で、山仕事にかよう馬車やトラックの轍《わだち》が深く、運転手は揺れが大きくなるのをおそれてスピードを出さないので、窓から吹き込む風は私のところまで届かないのである。それに、大揺れに揺れても、汗に濡れたからだでお隣へ靠《もた》れ掛かるまいとして足を踏ん張っているから、なおさら汗が噴き出る。

「きみ、たいへんな汗だね。」

先生が私の顔や濡れたシャツを見ながら、気の毒そうにいわれた。

「はい、僕は子供のころからひどい汗っかきなんです。」

「僕は、このくらいの暑さは平気なんだよ。シンガポールの夏を経験してるからね。」

いま書いたばかりの原稿が見当たらない。ふと気がつくと、汗に濡れた左腕に貼りついている――そんなシンガポールの暑さについて先生から直接伺ったのは、そのときではなかったろうか。

先生の取材は、窓から沿道の風物をじっくり観察することであった。街道そのものや一揆については、中里さんにいくつかの短い質問をしたにすぎなかった。先生は私にも質問された。

「あれは稗《ひえ》かね、粟《あわ》かね。」

窓から道端の畑地に繁茂している青々とした穀類を指さして、そう尋ねられる。けれども、私にはどちらともわからない。

「わかりません。」

と私はお答えする。

しばらく走ってから、先生はまた窓の外へ目をやって、さっきとおなじ質問をされる。私もさっきとおなじ答えをするほかはない。先生は笑い出された。

「きみは、なんにも知らないんだねえ。田舎にいて、なにをしてたんだ。」

「わからないだろうな。三浦さんは農家の子じゃないもんねえ。」

と中里さんが助け舟を出してくれたが、

「そうかなあ。僕は、農家の子であろうがなかろうが、自分の郷里の植物や穀類のことはしっかりと憶えておくべきだと思うがな。」

と先生はいわれ、おっしゃる通りですよ、と印南さんが賛意を表した。

私たちは、久慈海岸の岩浜で昼食をすることにした。水筒の麦茶で喉をうるおし、握り飯の弁当をひろげた。

「どうも、お粗末な弁当で……。」

中里さんが宿の主人に代わって恐縮すると、

「いや、百姓一揆が通った街道をうろつくんですから、これで充分ですよ。」

と先生がいわれた。

少憩ののち、私たちは、ふたたび蒸し風呂のような車で来た道を引き返した。


その晩、先生は部屋の床の間に並べられた多数の書物のなかから、旅先だからなるべく軽いものをと、写本を二冊、パンフレットを二部、年表を一冊お取りになった。これは作品のなかにもお書きになっていることだが、写本の一冊は百姓一揆の誘因となった八戸藩中老、野村軍記《ぐんき》の悪政を書き立てた『野沢ほたる』、もう一冊は『高山彦九郎日記』である。

先生は、持参の洋酒を水で割ってすこしずつお飲みになりながら、借りた写本類のほかに、たとえば『八戸見聞録』などという書物にも目を通されて、

「ここに文語体の会話がありますが、久慈の百姓ならこれを自分たちの言葉でどんなふうにいったんでしょうね。」

と中里さんに訊かれたりした。

中里さんがそこのくだりを黙読して小首をかしげ、自信なげに私を振り返るので、覗いてみると、それは一揆の際、蜂起した久慈の村人が近隣の集落へ飛ばした檄の言葉で、

《我輩、今将《マサ》ニ八戸ニ赴キ請フ所アラントス。若シ来ラザル者アラバ、其家ヲ倒シ、其人ヲ殺サント。四方ノ農民、皆雷同ス》

というのであった。

久慈は、八戸とおなじ海岸線にある港町で、互いにそれほど離れているわけではないが、言葉もアクセントもかなりちがう。私もあまり自信がなかったが、高校のころ久慈出身の級友がいたので、彼の訛《なまり》を思い出しながらどうにか久慈弁に直してあげた。先生は、私が言い換えた文章をノートに書き留められた。私が先生の取材にお手伝いできたのは、ただそのことだけであった。

翌日、先生と印南さんとは列車でなおも北へ向かわれた。これは取材のつづきではなく、おそらく浅虫温泉あたりで疲れを癒やすおつもりだったのだろう。御一緒にどうですか、と印南さんに誘われたが、御遠慮した。

あとで伺うと、悪路を長時間車に揺られたせいで、お二人とも持病の痔疾が悪化し、難儀されたということであった。

しばらくすると、先生の『久慈街道』が掲載されている〈別冊文藝春秋〉が出た。さっそく手に入れて拝読したが、最初に〈鮫浦〉という小見出しがあり、書き出しは、

《岩手県の三浦君といふ人から、もし都合がついたら久慈街道を見物しに来ないかと云つて来た》

となっていた。

私がお手伝いした久慈弁の檄も出ていた。久慈の言葉に通じている三浦君が次のように訳した、とある。

《(おらど、八戸さ行つて、コッタラしでこと喋るベェと思ふ。もし、うンがど加担《かた》ねば、一戸こはすじよ、ぶッ殺すじよ。)(うんだ、うんだ。)》

ところが、このなかに二つ間違いがある。一つは、《コッタラしでこと》のしでことである。これはひでこと(非道いこと)の誤りで、また、《一戸こはすじよ》の一戸は家ッこの誤りである。訳者の私も訛ったのか、それとも先生の聞き違いだったの

か。

私は、すぐさま先生に進言したが、どういうわけかこの誤りはなかなか円滑に訂正されなかった。筑摩書房から出た前の全集は、まだ誤りのままで、新潮社の自選全集でやっと二つのうちの一つ（一戸→家《え》ッこ）が訂正されている。もしかしたら、久慈では、ひどいをしでえといっていて、それが正しいのかもしれない。

ところで、先生は、（かげで推敲魔とささやかれるほどに）機会がありさえすれば自作のどこかに朱筆を入れねば気が済まぬという性分で、この『久慈街道』にも風変わりな朱筆の入れ方をなさっている。

それは、書き出しの一行で、前述の《岩手県の三浦君といふ人》が、時が経つにつれてすこしずつ書き変えられているのである。筑摩書房の前の全集に収録されたときは、こうなっていた。

《岩手県に帰省中の三浦哲郎君から、もし都合がついたら久慈街道を見物しに来ないかと云つて来た》

その後に出た新潮社の自選全集では、こうなっている。

《青森県に帰省中の三浦哲郎君から、都合がついたら久慈街道を見物に来ないかと云

って来た》

だから、私は、先生の『七つの街道』がなにかの文学全集に収録される機会がくるのを、心ひそかに待ち望んでいた。今度は、先生は自分をどんなふうに書いてくださるだろうかという楽しみを抱いて。けれども、先生が御自作に朱筆を入れられる機会は、思えば胸が裂けそうに悲しいことだが、もはや永久にやってこない。

（みうら・てつお　作家）

＊本稿は『師・井伏鱒二の思い出』（新潮社）より抜粋し、新たに表題を付けたものである。

初　出『別冊文藝春秋』
篠山街道　第五二号　一九五六年六月
久慈街道　第五三号　一九五六年八月
甲斐わかひこ路　第五五号　一九五六年十二月
備前街道　第五四号　一九五六年十月
天城山麓を巡る道　第五六号　一九五七年二月
近江路　第五七号　一九五七年四月
「奥の細道」の杖の跡　第三〇号　一九五二年十二月

単行本　文藝春秋新社　一九五七年十一月刊
　　　　永田書房　一九九〇年二月刊
文　庫　新潮文庫　一九六四年九月刊

編集付記

一、本書は新潮社版『井伏鱒二自選全集』第九巻（一九八六年）を底本とし、初版および新潮文庫版のあとがきを併せて文庫化したものである。

一、文庫化にあたり、旧かな遣いを新かな遣いに改めた。底本中、地名・書名など固有名詞で明らかな誤植と思われる箇所は訂正し、難読と思われる語にはルビを付した。

一、本文中、今日の人権意識に照らして不適切な語句や表現が見受けられるが、著者が故人であること、刊行当時の時代背景と作品の文化的価値を考慮して、底本のままとした。

中公文庫

七《なな》つの街道《かいどう》

2018年10月25日　初版発行

著　者　井《い》伏《ぶせ》鱒《ます》二《じ》

発行者　松田陽三

発行所　中央公論新社
〒100-8152　東京都千代田区大手町1-7-1
電話　販売 03-5299-1730　編集 03-5299-1890
URL http://www.chuko.co.jp/

DTP　嵐下英治
印　刷　三晃印刷
製　本　小泉製本

Published by CHUOKORON-SHINSHA, INC.
Printed in Japan　ISBN978-4-12-206648-9 C1195

各書目の下段の数字はISBNコードです。978－4－12が省略してあります。

中公文庫既刊より

ち-8-1
教科書名短篇 人間の情景
中央公論新社 編
司馬遼太郎、山本周五郎から遠藤周作、吉村昭まで。人間の生き様を描いた歴史・時代小説を中心に中学教科書から厳選。感涙の12篇。文庫オリジナル。
206246-7

ち-8-2
教科書名短篇 少年時代
中央公論新社 編
ヘッセ、永井龍男から山川方夫、三浦哲郎まで。少年期の苦く切ない記憶、淡い恋情を描いた佳篇を中学教科書から精選。珠玉の12篇。文庫オリジナル。
206247-4

う-37-1
怠惰の美徳
梅崎春生
荻原魚雷 編
戦後派を代表する作家が、怠け者のまま如何に生きてきたかを綴った随筆と短篇小説を収録。真面目で変でおもしろい、ユーモア溢れる文庫オリジナル作品集。
206540-6

よ-17-13
不作法のすすめ
吉行淳之介
文壇きっての紳士が語るアソビ、紳士の条件。著者自身の酒場における変遷やダンディズム等々を通して「人間らしい人間」を指南する洒脱なエッセイ集。
205566-7

や-1-3
とちりの虫
安岡章太郎
ユーモラスな自伝的回想、作家仲間とのやりとり、鋭く笑える社会観察など、著者の魅力を凝縮した随筆集。阿川弘之と遠藤周作のエッセイも収録。〈解説〉中島京子
206619-9

こ-14-1
人生について
小林秀雄
人生いかに生くべきか――この永遠のテーマをめぐって正しく問い、物の奥を見きわめようとする思索の軌跡を辿る代表的文粋。〈解説〉水上 勉
200542-6

よ-5-9
わが人生処方
吉田健一
独特の人生観を綴った洒脱な文章から名篇「余生の文学」まで。大人の風格漂う人生と読書をめぐる随想集。吉田暁子・松浦寿輝対談を併録。文庫オリジナル。
206421-8

よ-5-11
酒 談 義
吉田健一
少しばかり飲むというの程つまらないことはない――。飲み方から各種酒の味、思い出の酒場まで、ユーモラスに綴る究極の酒エッセイ集。文庫オリジナル。
206397-6

よ-5-10
舌鼓ところどころ／私の食物誌
吉田健一
グルマン吉田健一の名を広く知らしめた「舌鼓ところどころ」、全国各地の旨いものを紹介する「私の食物誌」。著者の二大食味随筆を一冊にした待望の決定版。
206409-6

よ-5-8
汽車旅の酒
吉田健一
旅をこよなく愛する文士が美酒と美食を求めて、金沢へ、そして各地へ。ユーモアに満ち、ダンディズムが光る汽車旅エッセイを初集成。〈解説〉長谷川郁夫
206080-7

よ-5-12
父のこと
吉田健一
ワンマン宰相はワンマン親爺だったのか。長男である著者の吉田茂に関する全エッセイと父子対談「大磯清談」を併せた待望の一冊。吉田茂没後50年記念出版。
206453-9

た-34-4
漂蕩の自由
檀一雄
韓国から台湾へ。リスボンからパリへ。マラケシュで迷路をさまよい、ニューヨークの木賃宿で安酒を流し込む。「老ヒッピー」こと檀一雄による檀流放浪記。
204249-0

た-34-5
檀流クッキング
檀一雄
この地上で、私は買い出しほど好きな仕事はない――という著者は、人も知る文壇随一の名コック。世界中の材料を豪快に生かした傑作92種を紹介する。
204094-6

た-34-6
美味放浪記
檀一雄
著者は美味を求めて放浪し、その土地の人々の知恵と努力を食べる。私達の食生活がいかにひ弱でマンネリ化しているかを痛感せずにはおかぬ剛毅な書。
204356-5

た-34-7
わが百味真髄
檀一雄
四季三六五日、美味を求めて旅し、実践的料理学に生きた著者が、東西の味くらべはもちろん、その作法と奥義も公開する味覚百態。〈解説〉檀太郎
204644-3

各書目の下段の数字はISBNコードです。978-4-12が省略してあります。

い-38-3 **珍品堂主人 増補新版** 井伏鱒二
風変わりな品物を掘り出す骨董屋・珍品堂を中心に善意と奸計が織りなす人間模様を鮮やかに描く。関連エッセイを増補した決定版。〈巻末エッセイ〉白洲正子
206524-6

い-38-4 **太宰治** 井伏鱒二
師として友として太宰治と親しくつきあった井伏鱒二。二十年ちかくにわたる交遊の思い出や作品解説など太宰に関する文章を精選集成。〈あとがき〉小沼 丹
206607-6

さ-77-1 **勝負師 将棋・囲碁作品集** 坂口安吾
木村義雄、升田幸三、大山康晴、呉清源……、盤上の戦いに賭けた男たちを活写する。小説、観戦記、エッセイ、座談を初集成。〈巻末エッセイ〉沢木耕太郎
206574-1

く-25-1 **酒味酒菜** 草野心平
海と山の酒菜に、野バラのサンドウィッチ……。詩作のかたわら居酒屋を開き、酒の肴を調理してきた著者による、野性味あふれる食随筆。〈解説〉高山なおみ
206480-5

か-30-6 **伊豆の旅** 川端康成
著者の第二の故郷であった伊豆を舞台とする小説と随筆から、代表的な短篇「伊豆の踊子」、随筆「伊豆序説」など、全二十五篇を収録。〈解説〉川端香男里
206197-2

え-10-8 **新装版 切支丹の里** 遠藤周作
基督教禁止時代に棄教した宣教師や切支丹の心情に強く惹かれた著者が、その足跡を真摯に取材し考察した紀行作品集。〈文庫新装版刊行によせて〉三浦朱門
206307-5

な-73-1 **麻《あざ》布《ぶ》襍《ざっ》記《き》 附・自選荷風百句** 永井荷風
東京・麻布の偏奇館で執筆した小説「雨瀟瀟」「雪解」、随筆「花火」「偏奇館漫録」等を収める抒情的散文集。初の文庫化。〈巻末エッセイ〉須賀敦子
206615-1

く-2-2 **浅草風土記** 久保田万太郎
横町から横町へ、露地から露地へ。「雷門以北」「浅草の喰べもの」ほか、生粋の江戸っ子文人による詩趣豊かな浅草案内。〈巻末エッセイ〉戌井昭人
206433-1